傑作！文豪たちの『徳川家康』短編小説

芥川龍之介
池波正太郎
滝口康彦
南條範夫
火坂雅志
山田風太郎
山本周五郎

宝島社
文庫

目次

※本書の作品掲載順は徳川家康の生涯の時系列にほぼ準じて構成しています（284ページの年表を参照ください）。

願人坊主家康

南條範夫

南條範夫（なんじょう・のりお）
1908年、東京生まれ。東京帝国大学卒業後、経済学者として大学で金融論、経済対策を講じる。1952年に歴史小説『子守の殿』が第1回オール讀物新人杯を受賞し、翌年直木賞候補に。1956年に『燈台鬼』で直木賞を受賞。人気作家になった後も大学の講師を続けた。代表作に『細香日記』『駿河城御前試合』『元禄太平記』など。2004年逝去。

「慶長十七年壬子八月十九日、（中略）御雑談の中、昔年御幼少之時、有ニ又右衛門某と云者一、銭五百貫奉レ売ニ御所一之時、自ニ九歳一至ニ十八九歳一、御ニ座駿河国一之由令レ談給、諸人伺候皆聞レ之云々」

――駿府記――

一

後奈良帝の御宇、天文の頃、駿府今川氏の居城の東南に、少将井ノ社と言う神社があり、その社前の地域は、宮の前町と呼ばれていた。

土地が低く、湿地が多く、雨が降れば、忽ち屋内に水の流れ込む細民街である。

ここに住んでいた者は、主として、簓者と呼ばれた一団である。

男は、多くは、近くにある牢獄の雑役をつとめる傍ら、灯心・付木を売るのを生業とした。女子は、笠の上に裏白の葉としめを付けたものを被り、破竹の八寸許りのものを叩いて拍子をとり、市中を回って、銭を乞うたが、年をとると比丘尼になり、戦陣に付いていって、生首を洗ったり、その首に化粧をさせたりする役をつとめた。

一般の社会からは、別扱いにされていたことは言う迄もない。

この頃、お万と言う沼津辺の貧家の娘が、城下の富士市に売りに出され、この簓者の七右衛門と言う男に買われた。

七右衛門は、簓仲間では、最も勢力と財力のある男だったが、非常な色好みだったので、仲間の娘はどれも気に入らず、さりとて、一般の家からは嫁に来る者がある筈はないので、人買市に行って、美女を物色し、お万を手に入れたのである。

お万が、於大と言う娘を産み落としてから間もなく、七右衛門は病死した。

お万は比丘尼となって、源応尼と言い、仲間の人々に助けられつつ於大の養育に苦しい日を送ったが、たまたま沼津から甥の大河内源三郎が駿河城下にやってきたのに会い、その援助を得るようになってからは、どうやら一息つけるようになった。

於大は、母の若い時に似て、美しい娘に成長した。

天文十年、武田信虎が、実子晴信（信玄）に逐われて駿河にやってきた年のことである。源応尼は、源三郎に向かって、前々から秘かに考えていたことを、口に出した。

「どうじゃな、源三郎、於大を嫁にせぬか。ささら者と言うても、わしは、もともとこの仲間の者ではなし――」

遠慮勝ちに言う叔母の顔をみて、源三郎は、手を振った。

「だめ、だめ、だめじゃ」

「やはり、駄目かの」

源応尼が、がっかりしたように言うと、

「いや、叔母御上、考え違いしては困る。於大がいやだと言うのではない、於大には、もう、情夫(おとこ)がいるのじゃ」

「えっ、まことか、それは――誰じゃ、その対手(あいて)は」

「松本坊じゃ」

と、源三郎が答えるのを聞いて、源応尼は、複雑な表情になった。

江田松本坊と言うのは、少し前、下野(しもつけ)国から城下に流れてきた祈禱師(きとうし)で、城中の武家たちにもかなり信用され、なかなか繁昌している。同じ宮の前町ながら、源応尼の住んでいる処からは、二町ばかり離れた処に居住していた。

「叔母御よ、どうした。松本坊ならば、文句はあるまい。この源三郎よりは、ずんと上種(じようだね)じゃ。於大も、よいところに目をつけおるわ」

嘘か真か、江田松本坊は、下野国都賀郡の出で、新田義重の裔孫と称している。新田の支流に、江田、世良田、徳川の三家のあることは、周知のところであった。

「新田の末裔などと言うのは、怪しいが、何れにしても、松本坊の符呪禁厭はよく利くそうじゃ。収入も悪くない。於大の淫奔は、存外、ほめてやってもよいかも知れぬぞ」

年は若いが、苦労人の源三郎に言われる迄もなく、源応尼も、一応はそう考えたのだが、一人娘だけに、心配でもあった。

「それにしても、他国者は、油断がならぬ。殊に松本坊は、なかなか女子好きじゃと聞いている」

「はは、女好きじゃからこそ、鰥者の娘に手を出したのじゃ」

こうした会話があってしばらく後、於大は松本坊の家に移り、翌天文十一年暮、国松を産んだ。

松本坊が、全く唐突に、姿を消したのは、国松が三歳になった時である。

「朝比奈殿の館に、祈禱にゆく」

と言って、朝方、家を出たきり、二度と戻って来なかった。

「あれは、北条家の間者だったらしい」

などと言う取り沙汰もあった。

於大は幼児をかかえて、忽ち、衣食に窮した。みかねた源三郎が仲に立って、於大は、石田村富士見馬場の久松土佐と言う老人の許に、再嫁した――事実は、妾になったのである。

土佐との間に子供が生まれると、於大は、土佐に気兼ねして、国松を、宮の前町の老母源応尼の許に送って、養育を頼んだ。

源応尼は、源三郎と共に、国松を愛した。

少年国松は、骨格逞(たくま)しく、健康であったが、容貌醜(みにく)く、背丈が低く、ややどもりであった。

少年は、ささら仲間の悪童たちと一緒になって、清水山で木攀(きのぼ)りをやり、安倍川で水泳ぎをし、八幡山で椎(しい)の実を漁(あさ)り、軍神森で合戦ごっこをして遊んだ。

或る日、源三郎が、源応尼に言った。

「叔母御、国松は、なかなか偉い児じゃぞ。仲間と遊んでいるのを見ておると、ちびの癖しおって、一番落ち着いておるし、年上の者まで、何となく手下にして、指図しおる」

「お前のひいき目じゃ、あれはどもりじゃから、余り物を言わんので、落ち着いとるように見えるのじゃろう。それに、小さい割に力があるので、年上の児も怖れるのじゃ」

「いや、そればかりではない。どこか、違うた処がある。このまま、ささら者にしてしまうのは惜しい、学問でもさせてみたらどうじゃ」

「と言うて、この暮らしでは、そのようなゆとりはない」

「なに、寺に入れてしまうのだ。寺で学問に励めば、どのようなえらい上人さまにもなれる。ささら者では、このまま一生埋れてしまうぞ」

国松が、東照山円光院と言う浄土宗の寺に入れられるようになったのは、こうした話し合いの結果である。

国松は剃髪して、名を浄慶と改め、住職智短上人から、経文と、文字を読み書きすることを教えられた。

小坊主浄慶は、頭を円めても、依然、従来の悪童ぶりをやめない。しばしば、いたずらを仕出かしては、智短和尚にひっぱたかれたが、とうとう大失策をやってのけた。

慈悲尾山増善寺に使いにやられた時、山門内で、小鳥を捕えて、丸焼きにして、喰っているところを見つかってしまったのである。

寺内は固より殺生禁断、まして増善寺は、国主今川家の菩提寺である。

智短和尚は、浄慶を寺から逐った。

浄慶、時に九歳。老祖母源応尼の暮らしを知っているだけに、今更、のこのことそこへ戻ってゆく訳にもゆかない。

乞食坊主となって、巷をさまよい歩いている中に、又右衛門と言う悪党にだまされて、青銅五百貫を以て売り飛ばされた。

買ったのは、宮の前町の願人酒井常光坊である。

願人と言うのは、妻帯肉食の修験者で、諸国をめぐって加持祈祷を行なうのを表向きの職業とした。

が、駿河城下の願人は、そのほかに、秘密の職業を持っていた。

今川氏の隠密役である。

隣接する猿尾町に住む猿回しその他の陰陽師、説教者などと共に、今川家のために、諸国をめぐって、その動静を偵察するのだ。

浄慶は常光坊に従って、九歳から十九歳に至る十年余、駿・遠・甲・信・豆・相の、至るところの山野を跋渉し、城池を窺い、人情風俗を実地についてたしかめた。

この間に得た知識は、彼の終生の財産となったが、彼は、同時に、それ以上のものを、この時につかんだのである。

それは、戦国の世に生まれて、卓越した才幹を持つものが、必ず抱くべき青雲の野望であった。

ささら者出身と言う抜き難いインフェリオリティ・コンプレックスを、彼は、この期間に完全に克服したのだ。

彼に、その克服をなさしめたものは、彼が現実に、各地で目にし、耳にした事実であった。

「伊勢の一浮浪士も、時運に際会し、知謀を逞しくすれば、倏忽の間に一城の主となり、一代にして武相の覇者となれるのだ。京の油売りも、知と胆とさえあれば、美濃の主権者となれるのだ」

小さな古編笠を被り、紺麻の破れ法衣をまとった短軀醜面の願人坊主は、野宿の夜に星を仰いで、赫々たる未来を想い描いた。

十六七歳の頃からは、回国を終えて駿府に戻ると、各地の事情を報告する為に、城内にゆく度に、細心に、城中の様子を探った。

なかんずく、彼の異常の注意を以て探ったのは、岡崎城主松平元康と今川家との関係である。岡崎は、彼の回国中、最も屢々足をとめた地域であった。

遂に彼は、自分のよき理解者である源三郎に、その野望を打ち明けた。

「おれは、三河の岡崎城下で、いや、三河一帯至るところで城主元康に対する不満を耳にした。元康の家中は、完全に二つに割れている。元康始め、老臣酒井将監たちは、今川家に頼って、松平家の安全を保つことに汲々としているのだ。その為には、嫡子竹千代を人質として送ってきているし、今川家の命令とあれば、何事も、犬のように這いつくばって、唯々諾々と聞いている。若い連中は、これに不満で堪らない——先代広忠、先々代清康は、もっと気概をもっていた。必ずしも、今川家の言う事許りに従ってはいない。自分たちも今川の手から脱して、独立したい——と考えている。そして、その為に、むしろ、織田家と手を握りたいと思っている」

突然、燃え上がるような激しい口調でしゃべり出した浄慶の様子に、源三郎は驚かされた。

「三河の松平家の内輪が、二つに割れていることが、お前に何の関係があるのだ」

「おれは、伊勢新九郎長氏（北条早雲）や、斎藤道三のやったことを考えているのだ。岡崎の内紛をうまく利用すれば、岡崎城を乗取れるのではないか」

「こいつが――」

源三郎が、しばし唖然として、浄慶の顔をみつめていたが、戦国魂は、この源三郎と言う落魄の男の胸奥にも、半ば眠りながらも、潜伏していたのであろう、大きくうなずいて、

「途方もない事を考える奴だ。だが、できぬ事ではないかも知れぬ。しくじっても、もともとだ」

「そうなのだ。だが、おれは必ず成功してみせる。この土地で、本当に信頼できる同志を二十人も集めさえすれば、あとは、何とかしてみせる」

「よし、その二十人は、おれが引き受けよう」

浄慶が、どのような秘策をその醜怪な頭脳の中に作りあげていたのか分からぬ。

源三郎は、浄慶と同じ年頃の、覇気と野心に溢れた巷の青年たちを、少しずつ手なずけて、同志としていった。

浄慶は、三河方面に頻繁に出向いて、何事かを、何者かに遊説して回った。

永禄三年春、浄慶は、待望の時機が、遂にやってきたと判断した。

ひそかに還俗して、自ら世良田二郎三郎元信と名乗ったのは、この頃である。

世良田姓を称したのは、自分を棄て去った父が新田氏の裔だと聞いていたから

で、酷薄な父の姓江田をとらず、同じ新田の支流である世良田を称したのだ。元信は、言う迄もなく、当時の二雄将、今川義元と織田信長の名にあやかろうとしたからに違いない。

秘略は、既に充分に練（ね）られていた。

布石は、既に手落ちなく打たれていた。

餌食（えじき）として狙（ねら）われたのは、岡崎城主松平蔵人元康の嫡男竹千代である。

二

三河国岡崎の領主松平元康は、天文十八年、年僅かに十二歳で、父広志の跡をついだが、今川、織田両雄の間に介在して、独力で領国を保つことは到底出来ない。

今川氏の幕下（ばっか）に属し、義元の媒妁によって、関口刑部少輔（ぎょうぶしょうゆう）氏広の娘瀬名姫（後の築山殿）を妻に迎えたが、織田・今川両家の関係が悪化するに伴い、今川家への忠誠を証明する為、瀬名姫とその間に生まれた竹千代とを、人質として駿府城に送った。竹千代時に年二歳である。

義元は、これを城の西北、宮ヶ崎の邸に置いて、看視した。

だが、この竹千代の乳母として傭い入れられた豊満柔和な女性が、大河内源三郎の妻であり、世良田元信の手先であったことは、今川家中は勿論、誰一人として気づくものはなかったのである。

永禄三年四月、義元は、宿願の上洛を果たそうとして、駿・遠・参の大軍に出動命令を下した。

岡崎城主元康が、その先鋒の一人として、織田勢の囲む大高城の救援を命ぜられたことは、史書の記す通りである。

しかし、この元康は、史に伝える如き、今川氏の質子竹千代の成人した人物ではない。竹千代は、未だ三歳、上述した如く、この時駿府宮ヶ崎の邸で、裏切者の乳母の乳を吸っていたのだ。

その幼児竹千代が、忽然として、何人かの為に誘拐されて、姿を消した。

出陣を眼前に控えて、繁忙を極めていたとは言え、今川家も、大切な質子の喪失には、狼狽した。

捜索の手は、城下を隈なく探り、遂に、願人浄慶、今は世良田二郎三郎と名乗る無頼の徒が、乳母を手引きとして盗み出したものであることを突きとめた。

宮の前町の源応尼、その甥大河内源三郎、二郎三郎の実母於大とその良人久松土佐、二郎三郎の主人酒井常光坊らは、悉く捕えられたが、肝心の二郎三郎元信と、盗まれた竹千代の消息は、杳として知れない。

元信は、充分の手筈を定めておいたのだ。夜に乗じて、竹千代を葛籠に入れ、同志と共に、これを擁して、大崩れの石田湊に走り、ここで船をやとって、遠州掛塚の浦に赴き、かねて連絡してあった鍛冶師服部平太の家にひそんだのである。

この地を根拠にして、元信は、東三河である渥美半島を縦横に走って、同志をつのった。大義名分は、ととのえていた。

「岡崎城主松平元康、暗愚にして、今川家の走狗となり、下僕の如く駆使されている。われわれは、幼君竹千代を奉じて今川の軛を脱し、織田家に頼って、松平家の独立と繁栄とを図らんとするものである」

と、言うのだ。

岡崎の城中にも、領内にも、今川に心を寄せるものと、織田に心を傾けるものとは、相半ばしている。

元信は、これを狙ったのだ。

一家の内訌、重臣の相剋、君臣の離反こそは、外来の徒が、赤手空拳を以て、その実権を奪取する好機であることを、北条氏が今川家に於て、斎藤氏が斎藤家に於て、実証してくれている。

そのような内訌相剋離反があれば、最もよくそれを利用し、もし充分に顕著でなければ、これを激発することこそ、風雲児が野望を達成するための第一の前提なのだ。

元信は、願人として回国中、松平家にその兆候が充分にあることを知った。不平の徒にとっては、無限の可能性を約束する幼児竹千代が、駿河に質子として養われているこそ、願うてもない好機である。
元信の全知力は、この餌（えさ）を利用して、岡崎家中を分裂せしめ、その実権を奪取する陰謀に向かって傾注されたのである。
果然、今川家の傲慢（ごうまん）横暴と、元康の卑屈とにあきたらぬ連中は、竹千代に惹かれて、続々と世良田元信の許に集まってきた。

古橋宗内、内藤与兵衛、本橋金五郎、阿部四郎五郎など、駿府から元信に従ってきたもののほかに、酒井忠次、石川右近、内藤正成、平岩親吉（ちかよし）等、元康の家臣で親今川政策に不満の武士たちが、元信の傘下（さんか）に集まった。

特に東三河一帯に蟠踞（ばんきょ）していた大久保一党が、大挙して参加してきたことは、元信を力づけた。

同じ東三河の素封家であり、古くから松平家に属しながら、反今川派であった鳥居忠吉は、竹千代に謁して、

「我倉庫には軍糧が充分に貯えてあります、どうぞ良士を養い、松平家の威名を回復して下さい」

と涙を流して悦んだ。

元信は、これらの同志を率いて、井伊氏の守る浜松城を襲い、城下の大安寺に火を放った。

城兵が驚いて門を出ると、元信らの一隊は、すかさずつけ入って城内に突入し、一夜にして、これを占領した。

永禄三年五月六日である。

この同日、元信の竹千代奪取に激怒した今川義元は、源応尼を狐ヶ崎の河原場に引き出し、出陣の血祭りとして斬首した。

源応尼斬首の報を、浜松城内で耳にした元信は、唇を嚙んで、うめいた。

「畜生め、このおれの手で、今川の一族、根絶やしにしてくれるぞ」

実際には、彼は、今川一族に対して、更に痛烈な復讐をした。後年、彼は、今

川家を亡ぼして、その領土を奪ったのみならず、かつては、雲の上の人の如く仰いだ義元の嫡嗣氏真を、己れの家臣とし、しかも最も無力な幇間的存在として、終生蔑視したのだ。

五月二十日、義元の戦死によって、今川の大軍は完全に崩れ去った。

敗走の将兵は、怒濤の退くように、三河から遠江、更に駿河へと流れ、沿道の諸地方は、名状すべからざる大混乱に陥った。

今川方に誼みを通じていたものは、

「織田勢は、勢いに乗じて、三河から遠江に攻め入るだろう、一体どうしたらよいか」

と、思いがけぬ義元の死に、途方に暮れた。

竹千代を奉じた世良田元信にとっては、絶好の機会である。

直ちに部下を率いて浜松を発して三河に入り、豊川の沿岸を溯って、八名郡中島郷に山砦を構え、織田方の旗幟を明らかにして、その近郷を掠奪した。

菅沼新八郎を攻めて菅沼郷、田峰郷を手に入れ、設楽ノ加茂の隘路を超えて西加茂郡に入って鈴木重教の守る寺部城を襲い、更に、梅ケ坪、挙母、広瀬、伊保の諸城を攻めて、所々に火を放った。

元信が狙ったのは、岡崎城主松平元康が、この挑戦に応じて兵を出してきたならば、一戦してこれを敗り、竹千代を抱いて、岡崎城に乗り込もうと言うことである。

元康は、勿論、この挑戦に応じた。

戦国の慣いには、親も子もない、兄も弟もない。我が子竹千代を看板にして、自分の地位を脅(おびや)かそうとする叛賊を、放置(ほうち)しておくことは出来ないのだ。

元康は、大軍を発して、元信に襲われている諸城を援け、元信の軍を逐って、尾州石箇瀬(いしがせ)で、大いに闘った。

寄せ集めの軍兵(ぐんぴょう)の悲しさ、元信の軍は、二度闘って、二度敗れ、元信以下の同志は、辛うじて、戦場を離脱し、山野に身をひそめ、野武士の群れに脅(が)かされ、飢渇(きかつ)に苦しみつつ、七八日を経て、漸く、遠州掛塚の、竹千代の隠れ家に辿りついた。

追跡の手は、きびしい。

元信は、再び、願人姿に身をやつし、竹千代を伴って、織田信長の許に逃れようとした。

潮見阪近辺で、追手の兵に追われて危なかったが、どうやらきり抜け、三河田原の領主戸田康光及び五郎父子の助力によって、舟便を得て、伊勢に渡り、更に熱田に至って、加藤忠三郎の家に、身を休めることが出来た。

酒井、阿部、石川らの同志は、直ちに竹千代を清洲に伴って、信長の助けを乞うべきことを主張したが、元信は、待てと、これを押えた。

「今、この姿で、竹千代君を奉じて清洲に赴けば、われわれは、敗亡流残の極、已むなく脱れてきた窮鳥として、わずかに餌を与えられるに過ぎぬ。同じ売りつけるものなら、多少でも、体裁をととのえて、高く売りつけよう」

「どうするのです」

「水野下野に、口を利かせるのだ」

参尾両州の境に接する刈谷城の水野下野守信元は、岡崎松平の姻戚であるが、早くから、織田家に誼みを通じている。

元信は、これに戸田五郎を使者として送った。

「今川氏敗亡後、松平家は、去就に迷っているに違いない、恐らく、ただ従来の行き掛かり上、急に織田家と結ぶことができないのであろう。貴君こそ、松平氏の姻戚として、調停者となり、松平織田両家を結ばしむべき最適任者である。松平の儲君竹千代を織田家に質子として送って説得すれば、恐らく、織田家に於ては何の異存もあるまいと思われるが如何」

水野信元は、直ちに快諾（かいだく）し、竹千代を伴って、自ら清洲に赴き、信長に説いた。

信長からは、岡崎に向かって、交渉する。

ただし、その交渉は、極めて高圧的であった。

「爾今（じこん）、今川の手を離れ、当家と和すべし、同意なくば、竹千代の命なきものと知られたし」

このような無礼な言は、戦国武士の甘受できるものではない。因循（いんじゅん）な元康も、憤激して、痛烈な返事を送った。

「義元公歿しても、尚、氏真は健在である。我家と今川家との多年の旧誼（きゅうぎ）は、到底、今、にわかに棄つるを得ない。竹千代の命は、御自由になさるがよい」

信長は激怒して、竹千代を殺そうとしたが、側近にいさめられた。

「今、竹千代を殺せば、松平家とは、永久に敵となります。助けておけば、いつかは、味方になることもありましょう」

信長は竹千代を、名護屋万松寺天王坊に拘置する一方、水野信元に命じて、岡崎方の諸城を攻撃させた。

岡崎城内の反織田熱を知る元信は、和睦の成立は期待していなかった。彼が待望したのは、信長が、その戦勝の全軍を率いて岡崎城大攻撃を敢行することであった。

彼は、その際竹千代を立てて、その先鋒となろうと考えたのである。

だが、冷徹狡知の信長は、水野勢を出動せしめただけで、麾下の将兵は、ただ一騎も、出さなかった。

元信の目算は、完全に、外れた。

三

梟雄世良田二郎三郎元信は、未曾有の窮地に陥れられた。

僅かの同志とともに、他郷に流浪し、頼るべき何ものもなきに至ったのである。

青雲の野望は、全く挫折したかに見えた。

窮地に陥れば陥るほど、ますます気力を揮い起こし、奇略をめぐらす元信の真価は、しかし、この時に、遺憾なく発しられた。

彼は、落胆の極にある同志に向かって、奇想天外なことを言い出したのである。

「やむを得ぬ。岡崎の元康に降伏を申し入れよう」

「ええッ」

さすがに、一同は、啞然とした。

驚愕の一時が過ぎると、阿部新四郎が、おぼつかなげに呟いた。

「元康の殿が、受け入れてくれるでしょうか」

「大丈夫、成算がある。織田家に向かって強い事を言ったものの、岡崎城中には、不安の思いが漲(みなぎ)っているだろう。この際、われわれ、反今川方とみられている者が、こぞって、岡崎方に復するならば、久しく二つに割れていた松平家中は一本になり、岡崎城の力は倍加するのだ」

岡崎城主松平元康に向かってなされた世良田元信らの降伏提案は、次の如きものであった。

「われわれが、儲君(ちょくん)を奉じて殿に手抗(てむか)い致したのは、織田家と結んで、松平家の独立と勢威とを固めたいと存じたからに他なりません。しかし、織田家の暴慢(ぼうまん)なること、今川家以上である事が明白になった以上、われわれも殿の下に一致団結して、松平家を護りたいと思います。今迄のお詫びのしるしに、われわれ一手を以て、加茂郡山中城を奪って御覧に入れます。しばらく山中城をわれわれにお預け下さらば、織田勢を喰いとめて、一歩も三河の地へ入れないようにしてみせましょう」

　元康は、老臣酒井将監に相談した。

「不埒な奴らだが、何と言っても、家中が二派に分かれて、親と子を別々に押し立てて争っているのは、まずい。この際、目をつむって彼らの申出をきいてやって、家中一本になるのがよいと思うが――」

「されば、私も、左様に存じます。それに、かの世良田元信なる男、素姓不明の者ながら、抜群の才幹あることは疑いありませぬ。彼を、手なずけて、殿の部下としてしまえば、大きな拾いものになるかも知れませぬ」

「うむ、少なくも、差し当たり、彼奴らの手だけで山中城を奪ってくれれば、三河の防備上、頗る有利となることは間違いないな」

「要するに、得る処多くして、失う処のない申出、受け入れてやりましょう」

　主従は、この甘い見透しが、どんな結果を齎すかを深く考えることもなく、元信の降伏を受諾した。

　降伏を受け入れられると、元信は、伊勢から三河に奔走して、分散した同志を集め、新しい味方を募った。

　百姓でも猟師でも、身分は問わぬ、立身功名を望む者は、馳せ参ぜよ――と触れて、屈強の若者、浮浪の士など三百余名を集めることが出来た。

このにわか集めの兵を率いた元信は、山中城を急襲して、容易にこれを手に入れた。

昨日まで、頼りとしていた織田方は、今や仇敵である。これを襲って、松平家に対する忠誠を示さなければならない。

元信の一党は、広瀬の城主三宅左衛門を払楚坂に破り、沓掛城主織田玄蕃亮信平とその城下に闘い、さきに調停を依頼した水野信元とさえ十八町畷で激闘して、大いに破った。

元康が、世良田元信の手腕をますます高く評価するに至ったのは、当然である。

ちょうどこの時、奇妙な流言があった。

信長が死んだ――

と言うのである。

桶狭間の快勝以来、全く鳴かず飛ばず、清洲城内に屏息している信長の身辺については、近辺の諸国は何れも、不気味な不安感を持っていたので、このような流言となったのであろう。

元信は、元康にすすめた。

「噂の真疑は知らず、織田方の逼塞しているように見えることは確かです。この機を逸せず、一挙に清洲を襲えば、桶狭間での彼の獲たと同じ奇効を収めることが出来るでしょう」

将監もこの案に賛成した。元康は乾坤一擲を覚悟し、一万の大軍をこぞって尾州に発向し、森山に陣を取った。

時に永禄四年月二月六日——何人も思いもよらなかった椿事の勃発したのは、この陣中である。

陣中にあった重臣阿部大蔵定吉が、水野信元に通じて、裏切りするとの雑説が流れたので、定吉の子弥七郎は、大いに憂悶していた。恰も、早朝、陣屋の中に馬が暴れ込んで騒動するのを聞きつけ、弥七郎は、父定吉が誅殺されるものと思い込み、村正の刀を抜いて、元康の背後から、ただ一太刀で斬り斃したのだ。

全軍は、大混乱に陥った。

織田方の未だこれを知らぬのを幸いに、各武将は、各々我勝ちに兵をまとめて、倉皇として引き揚げ、目もあてられぬ醜状を呈した。

辛うじて軍を退いたものの、岡崎城中は、火の消えたよう。老臣たちが相談した結果、元康の急死は固く秘したまま、とりあえず、松平の一族である三木の領主蔵人信孝と、その弟十郎三郎康孝を推して、城の取りしきりをせしめる事にした。

　元信は、一旦山中城に戻ったが、翌年二月、にわかに兵を起こし、岡崎城下に進み、城外の大林寺の良倪上人（りょうげいしょうにん）を介して、城将信孝、康孝に申し入れた。

「さきに人質として織田家に送った竹千代君は、にせものである。真の竹千代君は、今この軍中に奉戴している。岡崎城の正当の主は当然この竹千代君だ。諸君宜しく、力を合わせて、この幼君を守り、松平の社稷（しゃしょく）を守ろうではないか」

　思いがけぬ竹千代の出現に、主を喪（うしな）って途方に暮れていた城中は、欣喜（きんき）して、これを迎え入れた。

　今や、元信は殊勲第一等の人である。

　岡崎の実権は、自（おのずか）ら、彼とその同志の手中に帰した。

　彼の宿願の第一歩は完全に達せられた。

　——が、彼は、この時、更に、驚くべき手を打ったのである。

四

元信は、元康の旧臣たちを集めて、宣言した。

「竹千代君の成人されるまで、元康殿の横死は、飽迄(あくまで)も秘密に致しておかねばならぬ」

これには誰も一応、異存はなかった。だが酒井将監が直ちに反問した。

「それは当面の策としてはよいが、いつ迄も、殿が病臥(びょうが)と言う口実は通るまい」

元信が、にやりと笑って、答えた。

「元康殿の病は、間もなく快癒(かいゆ)される」

「なに、それは、どう言うことだ」

「この元信が、竹千代君御成人まで、元康殿の身代わりとして、行動するのだ」

「ば、ばかな、何を言う」

「そのほかに、方法はないのだ。織田、今川、武田に、三方から強圧されている

この松平を、立派に支えてゆく方法は、それ以外にないのだ」

将監始め、旧今川派の家臣たちは、驚愕(きょうがく)の思いに、しばし茫然としていた。や

がて、気をとり直すと、憤然として、元信に喰ってかかったが、元信の駿府以来の同志と、元信についていた旧織田派の連中は、断乎として、元信を支持した。

彼らは、この時既に、元信の手腕に、絶対の信頼をおくようになっていたのである。

駿府の願人坊主世良田元信は、この日から、岡崎城主松平元康として、活躍を始めた。

その擬装を、より完璧ならしめるために、彼は、元康の室、築山殿を、名義上、自分の室とした。

「勿体なき事ながら、しばらく私の内室と言うことにして戴きます。勿論、名義だけのこと――何事も、竹千代君の御成人までの御辛抱です」

と言う元信の要求に、築山殿はうなずくよりほかなかったのである。従って、元康の嫡子竹千代は、元信の嫡子となった。

松平元康として、彼が最初にとった政策は、織田家との和睦である。

彼は、自ら清洲に赴いて、信長と和し、竹千代の妻として、信長の徳姫を貰い受けた。

一説によれば、この時、織田家の家中の者で、元康をよく知っている者があり、

清洲に来た元信をみて、

「あれは松平元康どのではないぞ」

と囁（ささや）いたので、出迎えに出た織田家中の侍共が、一斉に騒ぎ出した。

とみるや、十四歳になった許りの本多平八郎忠勝が、大薙刀（おおなぎなた）を揮（ふる）って進み、

「三河より岡崎城主松平元康参着、何故に乱れ騒ぐぞ、無礼であろう」

と、大声で罵ったので、一同静まり、事なきを得たと言う。

信長が果たして、この自称元康を、にせ者と見抜いたかどうかは、不明である。たとえ、にせ者と看破（かんぱ）したとしても、結果は恐らく同じであったろう。

信長にしてみれば、対手が、元康であろうと、にせ者であろうと、問う処ではない。三河の実権者として、自分の背後を固めてくれる人物でさえあればよかったのだ。

織田家と結んだ元康即ち元信は、今川氏との関係を断絶した。元康の名は、今川義元が名付親となってつけたものであるからとして、家康と改めた。

外部からみれば岡崎城主松平蔵人元康が、家康と改名したものとしか思われない。その内容が、世良田元信にすりかえられているとは、知る由もないのである。

家康の眼前には、難問が山積していた。

その第一は、依然として鬱積している旧今川派の不満である。

彼らは、今や全く、名実共に岡崎城に君臨するに至ったこの忌々しい風来坊を、主君として奉戴することは、どうしても我慢がならなかったのだ。

松平家の老臣酒井将監が、反家康の陰謀の中心となったことは言う迄もない。

松平の一族である監物宗次、三蔵信次、七郎昌大や、同志の本多弥八郎、蜂屋半之丞、石川半三郎らを集めて、密議をこらした。

「何と、このままでは、松平の家は、あの素姓の知れぬ悪党めに奪われてしまうぞ。竹千代君成人の暁には、政権をお返しすると言うているが、何の、きゃつ、そんな殊勝な心はありはせぬ」

「そうじゃ、このままでは、われわれ旧今川派の者は、日に日に追いつめられて、除け者にされてゆくばかりじゃ」

「だが、残念ながら、城内の者大半は、きゃつに尻尾をふっている現状だ。何とか、よい方法はないものかな」

「名案がある。領内の一向宗門徒を焚きつけるのだ。上宮寺の僧徒は、寺内の籾を徴発されて、ひどく憤っていると言う。門徒一揆を起こすことに成功すれば、如何にきゃつと雖も、とても鎮め切れまい」

永禄六年九月、三河全土に亘(わた)って、猛烈な宗門一揆が起こり、岡崎城の重臣酒井将監以下多くの武士が、これに加担していると言う情報を受けとった家康は、

――しめた、これで、反対派の奴らを一掃できるぞ。

と、会心の笑(え)みを洩らした。

驚くべきエネルギーを以て、家康は、門徒一揆と闘い、片っ端からこれを粉砕していった。

叛乱半年余、一揆軍悉(ことごと)く敗れ、門徒の寺は凡て破却された。酒井将監は駿河に走り、本多弥八郎も加賀に逃れ、蜂屋、石川らは降伏した。全三河は、完全に、家康の実力の下に慴伏(しょうふく)した。

この頃から後の、家康の事跡については、正史に知られている通りである。

永禄十一年、家康は朝廷に奏して、徳川氏を名乗り、松平は、その一族の姓とした。

この年、今川氏を滅ぼして、遠江を手中に入れた家康は、ここに初めて、ひそかに望みを天下に嘱(しょく)するに至ったのである。

源平相(あい)交迭して武門の権を握るとすれば、平氏を称する織田信長に対抗し、或はその後釜を狙う為には、源氏を称さねばならぬ。

そして新田源氏三流の中、江田・世良田は前身を想起せしめて好ましくないとすれば、徳川を採るの他はなかったのである。

五

運命の幼児竹千代は、成長して岡崎三郎信康と称した。

彼は、名義上の父家康が、自分の地位の簒奪者であることを知っていた。

誰よりも、母である築山殿が、くりかえしこれを彼に教えたのだ。

「岡崎城の真の主は、そなたぞ。そなたが成人する迄と言う約束で、この母は、何もかも眼をつむったのじゃ。早く立派な武将になって、あの素姓の知れぬ成り上がり者を逐い出してくりゃれ」

この頃の築山殿の憤懣の中には、成り上がり者の妻にされたと言うことよりも、名義だけは妻としながら、未だ充分に若さの残っている豊麗な自分に、孤閨（こけい）を守らせていると言うことの方が、より大きな不満になっていたかも知れない。

信康は、年少にして、勇武絶倫（ぜつりん）だったと言われている。

天正三年の、長篠の役（えき）は、彼が十七歳の時のことであるが、甲州へ帰った武田

勝頼は、

「この度、戦場にて見る所、信康と言う三河の小冠者のしゃれ者が、士卒の掛引を見るに、成長の後が、思いやらるる。徳川は果報者なり。かつ小冠者成長せば、必ず、天下に旗を立つべし」

と、評した。

信康が、あまりに出来過ぎることは、家康にとって、嬉しいものではない。

天正五年、家康が、遠州横須賀で、勝頼の軍と対陣した時、信康が、物見をして戻って、

「直ちに合戦を始めなさるがよいでしょう」

と、すすめたことがある。

家康は、不機嫌に、

「敵は大軍、味方は小勢であるし、格別要害の地点もない。みだりに進んでは、勝利はむつかしい。今後とも、このような時は、左様心得るがよい」

と言い放って、合戦をせずに軍を引き揚げたが、帰陣の後、老臣たちに向かって、

「信康が、このわしに、合戦のことで、指図がましいことを言うとは、出過ぎた

奴だ」

と、吐き出すように言ったと言う。

家康は、信康を怖れた。

ただ才幹武勇が傑れているばかりではない。岡崎城の主権を還してくれと要求する正当な権利をもつ対手だからである。

「信康は――除かねばならぬ」

と、家康は決心した。

中泉に壮麗な別邸を築いて、信康の館とし、日夜美酒美食をすすめ、翠帳の蔭に美女を侍らせた。

聡明英知と言っても、若さは若さである。信康は、次第に美姫に溺れ、酒食に身を傷つけた。家康に対する不満も手つだって、彼の所業は、次第に粗暴となり、やや自棄的にさえなった。

正室徳姫の侍女の小侍従と言う女を、徳姫の眼前で刺殺して口を裂いたり、踊見物の際踊り子の装束や踊り方が気にくわぬと言って弓で射殺したりした。

鷹野に出た折、道で法師に逢って、今日の獲物がないのは、坊主に遭ったからだと言って、法師の首に縄をつけ、馬でひきずり回して殺してしまったこともある。

そうした事実を耳にするにつれ、家康は、

「困ったものじゃ」

と、溜め息し、

「未だ、若いのだから――」

と、いたわるような言葉を洩らしたが、積極的に、戒めたり、制止したりすることは、唯の一度もしなかった。

一方、築山殿は、空閨の淋しさに堪えかねて、甲州から来た唐人の医者減敬と言う者と密通したが、その醜聞が外に洩れたのを知ると、減敬を仲介として、武田勝頼に密書を送り、武田の兵を手引きして、織田・徳川を亡ぼそうと申し入れた。

「この企てには必ず信康も加担致させます故、家康を亡ぼした暁には、その旧領は三郎信康に賜わりたし、妾は甲州に赴いて、武田家被管の内にて然るべき方の妻となりたく――」

と、四十女の欲情を丸出しに、恥も外聞も忘れた露骨な文面であった。

勝頼からは勿論、承諾の返事があったが、築山殿の眼に入ったのは、何よりも、

「小山田兵衛と申す大身の侍で去年妻を失い、やもめに成っているのがおる故、築山殿をこれにめあわせよう。信康に内通を納得させたらば、築山殿だけ、先に甲州へ来られるがよい」

と言うくだりである。

心も空になって、一日も早く、小山田の妻になり、楽しい夜を送りたいと、甲州へ旅立つ支度を、内証ですすめた。

その様子を不審に思ったのは、琴と言う侍女だった。これは、信康の内室徳姫に仕える藤川久兵衛の女である。

築山殿が大切そうにしている手箱の底にあった包みを、そっと開いてみると、勝頼からの、織田・徳川討伐の誓詞であった。

仰天して、父に告げ、徳姫に報らす。

徳姫は、築山殿の陰謀、三郎信康日頃の暴状を十二ヵ条に亘って書きつらねて、父信長に急報した。

信長は、折から家康が信長に献上する馬を宰領して来着した酒井左衛門忠次を、密室に呼んで、右の十二ヵ条を次々に示して詰問した。

忠次が、その十ヵ条迄、

「残念乍ら、事実でございます」

と答えると、信長は、

「もう、あとの二条は聞く迄もない。三郎信康、わが婿ながら、とても物にはなるまい。腹を切らせるのだな」

と、あっさりと言ってのけた。

忠次、承って、直ちに三河に戻り、家康に報告する。

築山殿が小藪村で殺され、信康が二股城に移されて切腹させられたのは、それから間もないことであった。

竹千代奉戴の名に惹かれて、世良田元信に従い、元信が元康の身替わりとなって家康と称するに至った事情を容認した旧織田派とも言うべき連中――酒井忠次、内藤正成、平岩親吉、大久保忠員、忠世父子などは、何故、正当の主君竹千代即ち信康の為に立ってこれを擁護しなかったのであろうか。

大体、事ここに至る前、信康が成年に達した時、政権をその手に返すことを、何故、家康に要求しなかったのであろうか。

それは、戦国動乱の世の実態を考えれば、容易に説明がつく。

主と従が、永世的なつながりをもつものとされ、家来は、如何なる主君に対しても、没我的な忠誠をつくさねばならぬと考えられるようになったのは、江戸以降のことである。

それは、平和のつづくにつれ、その平和を維持するために、支配者がつくり上げた、甚だ手前勝手な「武士道徳」であった。

戦国の時代には、まるで違う。

主は、主としての実力をもっているからこそ、主として仰ぐのだ。

主にその力がなければ、いつでも、これを倒して、自ら主に代わるか、或は、主君として、より適当な人物を以て、これに代えることに何の躊躇も、矛盾も感じない。

旧元康の家臣の織田派は、元康に対して、頼むべからざる主君と感じたからこそ、竹千代を奉戴する世良田元信に従った。

その元信の才幹実力が、希有のものであると知った彼らは、今や、容易に、旧主の遺孤竹千代よりも、元信即ち家康を新しい主君と仰ぐに至ったのである。

後年秀吉の宿将たちが、その死後、秀頼を捨てて、家康に従ったのも、全く同じ道理である。

家康の正体を知る信康が、元康以来の旧臣の、家康に心服するのを憎んで、しばしば罵言を加えたことは、彼を益々孤立させることになった。

忠次が、信長の詰問に対して、一言の弁解もせず、却って、信康の不利になるような答えをしたのをみても、旧元康家臣の心は、殆ど全く信康を去っていたものと言ってよいであろう。

六

歳月は、激動の中に流れ去り、家康は天下の権を掌握した。

世良田二郎三郎元信時代の同志も、部下も、その大部分は既に死んでしまった。が、家康は、まだ矍鑠として生きていた。

慶長十七年八月十九日、既に齢七十を超えていた家康は、隠退地である駿府の城内で、気に入りの林道春、後藤庄三郎以下心を許した側近たちと、雑談していた。

ひどく、気がゆるんでいたに違いない。それ迄、唯の一度も口にしたことのない昔のことを思わず、ふっと、洩らしてしまったのである。

「古い事じゃが、わしの幼少の頃、又右衛門某と言う者がおってのう、わしを、銭五百貫で売り飛ばしおって、えらい苦労をしたものじゃ」

一座に居合わせた者は、誰も、この言葉が、何を意味するのか、全く了解し得なかった事、勿論である。

みんな、しばらくは、ぽかんとしていたが、漸く、林道春が、

「上様、それは何時頃、いずれの地のことでございます」

と、恐る恐る尋ねると、家康は、

「そうだな、九つか十ぐらい、この駿府でじゃが――」

と言いかけて、ハッと気がつくと、慌てて語を逸らせてしまった。

その様子が、やや異常と思われるほど不自然であったので、それ以上おし返して問いかえすだけの、勇気を持つ者はいなかったらしい。

しかし、不審に思ったことは、確かである。幼少の頃、家康が駿府に質子となっていたことは、その場にいた凡ての者が知っていたが、又右衛門某に五百貫で売られたと言うのは、初耳である。

道春は、後になって、『駿府記』を著した時、理解し難いままに、家康の話をそのまま記録し、且つ、「諸人伺候、皆これを聞く」と付記して、証人の存在を暗示しておいた。

何故か、この奇怪な数行の記述は、その後何人にも深く怪しまれることなく三百年を経過した。そして、明治も三十年代になって初めて東海道諸県の地方官をしていた融軒・村岡素一郎の鋭い眼にとらえられたのである。

素一郎は直ちに、家康の幼年及び青年時代について、徹底的な調査を開始した。調べれば調べる程、奇妙なつじ褄の合わぬことが発見された。

彼は、家康の史跡として知られるところを悉く自ら踏査し、墓碑の破片、古文書の断簡零墨に至るまで綿密に検討した結果、前節までに記したような事実をつきとめ、遂に極めて大胆な論断を下したのである。

曰く、

「幼にして今川家の質子となって辛酸をなめたと言う松平竹千代と、弱冠十九歳、今川勢の先鋒として大高城を救った松平元康と、信長の盟友として姉川に戦い、豊臣に代わって、天下の覇権を握った徳川家康なる者と――この三人は、全く別個の人物である。家康なる人物は、簓者の私生児であり、松平家と何の血縁もなき願人坊主の後身である」

この驚くべき結論を得るに至った過程を、村岡素一郎は、一本にまとめ、文学博士重野安繹の序を付し、「史疑」と題して、民友社から刊行した。

明治三十五年四月のことである。

上梓について、民友社の蘇峰徳富猪一郎が終始、斡旋したことは言う迄もない。

この奇矯な、百八十二頁の小冊子は、世の視聴をそばだたしめた。

或者は、三百年の迷妄一時に破られたりと机を叩いて叫び、或者は、故意に家康を傷つけようとする妄説のみと痛罵した。

囂々たる論議の的となった該書が、久しからずして、市井の店頭から姿を消し、しかも重版の機会を得なかった事については、徳川宗家の秘かに措置する処があったからとも言うし、旧幕臣の当局にあった者が、憤激して、強圧の手段を講じたるが為だとも言われている。

御馬印拝借（おうまじるしはいしゃく）

山本周五郎

山本周五郎（やまもと・しゅうごろう）

1903年、山梨県生まれ。本名、清水三十六（さとむ）。横浜市立尋常西前小学校卒業後、東京・木挽町の山本周五郎商店に徒弟として住み込む。関東大震災後、復職せずに文学修業に努める。1943年、『日本婦道記』が第17回直木賞の候補に推されるが辞退。その後も毎日出版文化賞、文藝春秋読者賞に推されるが辞退。代表作に『樅ノ木は残った』『青べか物語』など。1967年逝去。

一

土田源七郎が来たという取次をきいて、三村勘兵衛はうんと頷きながら口をへの字なりにひき結んだ。なにやら思い惑うといいたげな顔つきである、「うん……」もういちど頷いて天床をふり仰いだ、それから明けてある妻戸の向うの庭を見やった。すると庭はずれにある蔬菜畑でむすめの信夫がなにやらたちはたらいている姿をみつけたので、これまた慌てて眼をそらした。かたわらにいた妻のお萱は、そのようすを訝しそうに見まもっていたが、「いかがあそばしました、お会いなさいませんのですか」ときいた。「なに、ああ会う」勘兵衛はいそいで、「すぐにゆくから接待へとおしておけ……」取次の者にそう云って自分も立ちあがった。けれどもまだなにか心に決しかねるものがあるとみえ、屈託げに溜息をついたり、袴の襞を直したりした。そしてやがてふと妻のほうへふりかえり、にわかに思いついたという調子で、「どうだろう、あの鏡を源七郎に遣わそうと思うが……」と云った。お萱は良人を見あげたが、ああそのことだったのかと微笑した、「わたくしは結構に存じますが……」「信夫もいいだろうな」「それはもう中すまでもないと存じます」それならよいというように、勘兵衛は眉をひらきながらはじめてそこから出ていった。

土田源七郎は下腹巻のこしらえで円座の上にしんと坐っていた。額の秀でた浅黒い顔に意志のつよそうな唇つきが眼を惹く、二十六歳の逞しい筋骨はそれだけでも人を圧倒するようにみえるが、ぜんたいの感じは奥底の深い、しんとした風格に包まれていた。「好日でございます」源七郎の会釈に答えて、「ようまいった」といいながら勘兵衛は座についた、そしてそれなり言葉が絶えてしまった。源七郎はじっと襖のほうを見まもっているし、勘兵衛は膝の上で両のこぶしを代るがわる撫でている、しかし心の内では、――さあどうした、早くしないとまた折をのがすぞ、そういって自分を嗾しかけているのである。ひとくちに云えば、かれはむすめの信夫を源七郎の嫁に遣りたいのである、源七郎は榊原康政の家来でその旗まわり十騎のひとりに数えられているし、またかれには甥に当っていた、つまりお萱の兄の三男であった、ゆかりも浅からぬうえに人柄もたのもしく、これこそ信夫の良人にとはやくからきめていたのだが、相手が無口であり勘兵衛がそれに劣らぬ口べたで、……今日こそと思いながら、つい切りだす折を得ないで来た。それなら仲人をたのめばよいわけだけれど、勘兵衛はどうしてもじかに話をきめたかった、「貰ってくれるか」「頂きましょう」そういうはっきりした約束を自分でとり交わしたかったのである。……相対して坐ったままかなりほど経てから、「じつはこのたび出陣いたします」と源七郎がようやく口を切った、「……先手組の番がしらに取立てられまして、こんにちこれより掛川城までくだります」「ほう、先手の番がしらか……」勘兵衛は眼をみはった、榊原の先手組はその精鋭とはげしい戦闘力をもって知られている、その隊長に選まれたというのはひじょうな抜擢であり名誉であった、「それはめでたいな、しかもすぐ出陣とは、……ではいよいよ甲州と始めるのだな」「いかがでございましょうか、わたくし如きにはなにも相わかりませんが、当分は掛川に駐まるものと存じますので、ご挨拶を申しにまかり出ました」「それはよう来てくれた、それではともかく祝儀のしたくを致そう」勘兵衛はそう云って立ちかけた、しかし立ちかけた膝を元へ直すと、急に意を決したというようすで、「……はなはだ突然ではあるが、そこもとが出陣するに当って、いや、その出陣するというについて話があるのだが」ひどく固くるしい調子でそう云いだした、「……と申すのは、じつはわしの家に伝来の古鏡がある、掌へはいるほどの小さな鏡だ、裏に牡丹の花が彫ってあるので牡丹の鏡と申しておるが、なんでも後漢時代の品だそうだ、いやもちろん時代などはどうでもよい、話というのは、つまりその、わしとしては信夫の婿になる者があったら、かためのしるしとしてその鏡を進ぜようと考えておった、つまり婚姻のかためのしるしとしてだ」勘兵衛にはそこまでこぎつけるのが精いっぱいだった、それだけでもう頸筋へ汗がふき出てきた。源七郎はちょっと眩しそうな眼つきになったけれど、やはりしんと坐っているきりだし、あとの言葉の続けようがなくなってしまった、それで思いだしたように「……とにかく祝いのしたくを致そう」と立ちあがった、源七郎はしずかに眼をあげた、「お待ち下さい、せっかくではございますがまだ挨拶にまいるところもあり、刻限も早くはございませんので祝って頂くいとまがございません、これで失礼を仕ります」「それはそうでもあろうが」勘兵衛は困ったようにそら咳をしたが「……とにかく待て」と云いさま足ばやに奥へ去っていった。

かなりながいあいだ待たされた、そしてやがて人の来るしずかな足音がした。それは勘兵衛ではなくてむすめの信夫だった、年は十八歳になる、とびぬけて美しいとはいえないが「三村の信夫どの」とかなり評判である、それは信夫の眼のためかも知れない、幼い頃からたいそう情けぶかい性質で、ひとが蜻蛉を捕るのを見ても泪ぐんでしまう、犬の仔や猫の仔をみるとすぐにふところへ掻き抱かずにはいない、召使の者が叱られても泣きだす、そういう気心がそのまま表われているような眼だった、みつめられるだけでこちらの心が温かくなり、生きていることさえがたのしくなるような眼であった。「このたびはおめでとうございます……」信夫は手をついてつつましく挨拶をした、暇どったのは身じまいをして来たからであろう、うすく化粧をして、余るほどの黒髪からは燻きしめた香が匂ってくる、源七郎は黙って会釈を返した、信夫はしずかに持って来た袱紗包みをさしだしながら「……父からお引出物にと申します、お恥ずかしい品ではございますがお納め下さいますよう」そう云って低く頭をさげた。「かたじけのうござる、頂戴つかまつる……」源七郎は手を伸ばして受け取った、それはまちがいなく今あるじが話した古鏡と思えた。かれは眼をあげてじっと信夫の面を見まもりながら「信夫どの、こなたはこの品がなんであるかご存じですか」「……はい」そう答えながら信夫も眼をあげた、心にしみいるようなあの眼だった、「……存じております、牡丹の鏡でございます」そしてにわかに赧くなった、それはふいに花の咲いた感じだった。源七郎はその面をたしかめるようにみつめ、やがて眩しそうに目叩きをしながら云った、「たしかに頂戴いたします」

　勘兵衛夫妻が源七郎を式台まで送って出た。信夫は居間へさがって、着替えをすると、すぐにまた庭の菜園へおりていった。僅かな時の間に自分がまるで違う人間になったように思える、牡丹の鏡を贈ることがなにを意味するかは父から聞かされた、かねてそうなるのではないかと考えたり、また自分のようなふつつかな者がと諦めたりしていた、それがいよいよ事実になった、自分はやがて土田源七郎の妻になるのだ、そう思うとなんともいいようのない感動で胸がいっぱいになり、空の色もあたりの樹々も、畑の蔬菜のみずみずしい緑までが、今はじめて見るもののように、びっくりするほど新鮮にみえだすのだった。するとふいに、……信夫どのという人の呼びごえが聞えた、「信夫どのこちらです……」声は裏木戸のほうだった、ふり返ってみると、木戸を開けてつかつかとひとりの若者がはいって来る、甲冑を着けているのでちょっとわからなかったが、近づくにしたがって河津虎之助だということがわかった。虎之助もおなじ榊原康政の家来で、父親同士が親しかったから、この家へもかなりしばしば往来していた。「いよいよ出陣です……」かれは昂奮した調子でそう云いながらあゆみ寄った、「甲斐と手切れになったのです、先手組に加わって掛川へゆきますが、なにか非常な持場へつくようですから生還はのぞめません、こんどこそみごとに討死とかくごをきめています」そこまで聞いて信夫は胸をつかれた、源七郎はなにも云わなかった、そんなことはひと言も口にしなかった、本当だろうか、われ知らず心がよろめいたとき、虎之助のせきこんだ言葉が耳へつき刺さった、「……約束して下さい、万一にも生きて帰ったら、そのときは虎之助の妻になると、もちろん生きて帰るつもりはありません、死にもの狂いになって戦い、りっぱに討死とかくごしています、それだからこそこんなことを云うのです、信夫どのおねがいです、出陣のはなむけに約束して下さい、みれんではない日頃のねがいをたしかめてゆきたいのです、無礼もぶ作法も知ってのおたのみです、信夫どの、どうか承知したと云って下さい」抑えに抑えたものが迸（ほとばし）り出るような言葉だった、討死とかくごを決めた若い生命の、それがさいごの叫びだろう、真一文字につきつめた声音（こわね）を浴びて、信夫は紙のように色を失った、「……はい」と夢中で頷いた、「はい……わたくし」「ああ約束してくれますか」ああと虎之助は燃えるような眼で大きく空をふり仰いだ、「ありがとう、これで心残りなく出陣することができます、あなたの心さえたしかめればあとの話は改めて……いや、それはいま云う必要はありません、ありがとう信夫どの」かれは手を差出そうとしたが、さすがにそうは仕（し）かねたとみえ、時刻が追っているからと云って、情熱の溢（あふ）れる眼でじっと信夫を見まもり、すぐに決然と身をひるがえして裏木戸から去っていった。

すべてはあっという間の出来事だった。夢のようでもあり、通り魔にも似ていた、信夫は喪心した者のように暫くはそこへ立ち竦んだままだったが、やがて口のうちで「はい……」と呟き、その声で愕然と眼をみひらいた、……いいえ違います、違います虎之助さま、こえを限りにそう叫びたかった、しかしもう遅いのである、一転瞬のうちにすべてが崩壊し去った、たったひと言の「はい」が運命を変えた、そのひと言はとり返しようがないのである。信夫はひしと眼をつむり、そこへくたくたと膝をついてしまった。

二

どこかに月明りでもあるような仄白んだ夜空から、こまかい霧粒のような雨が音もなく降りしきっている、五日あまり少しの霽れ間もない霖雨だったが、どうやらもうあがりそうなようすで、山の背のほうではしきりに風のわたる音がしていた。あまり深くはないが、山峡の傾斜のひどい道で、そのうえ両がわから蔽いかぶさる灌木の繁みに塞がれているため、一列になった兵たちの一人ひとりが、その枝葉を押しわけて登らなければならなかった。……源七郎は先頭にいた、藪沢という所を過ぎてからは隠密挺進を命じてあるので、兵たちはみなしわぶきひとつせず、滑りやすい坂道を登る喘ぎと、掻きわけてゆく叢林のざわざわいう音だけが、僅かに列の動きを示しているばかりだった。……死んでくれ、全員あげて討死をしてくれ、掛川を出るとき云われた言葉は今もまざまざと耳にのこっているし、そう云ったときの康政のくいいるような眼光も忘れられない、かれはその言葉とまなざしとを思いかえすことによって、当面している任務の重大さを改めてたしかめる気持だった。

甲斐の武田氏と三河の徳川氏とのあいだになにか事が起こるであろうとは、すでに世人のはやくから推察していたところである、これまで両家には大井川を堺として互いに侵すべからずという一種の不侵略条約がとり交わされていたが、戦国の世のことではあり、雄大な勢力をもっている武田晴信が、当時ようやく擡頭しはじめたばかりでまだ劣弱な存在でしかなかった徳川氏との盟約を、どこまで守るかはまったく疑問だった。そしてその疑問が、ついに事実となってあらわれるときがきたのである、……駿河のくに府中城（駿府ともいう、現在の静岡市）には武田氏の部将である山県三郎兵衛昌景が二軍の軍を擁していた。かれはそのころ勇猛の名を知られた人物で、もとより小徳川氏などは眼中になく、しだいに羈束をやぶり、島田に陣屋を設けたうえ、大井川を越して遠州城東郡の米を奪い、到るところで傍若無人のふるまいを仕はじめた。かくて永禄十二年（一五六九）五月の或る日、徳川家康が馬まわり百騎ばかりをつれて、金谷から大井川の西岸を巡検に出たとき、山県昌景が千五百騎あまりの兵を率いて来るのと出会った、そこは川を越した金谷の駅に近いところで、つまり不侵の約束をふみにじった現場をみつかったわけである、昌景はさすがにぐあいの悪そうな顔で、目礼をしてそこそこにゆきすぎたが、家康の手まわりが僅かな人数であるのを見るとにわかに馬を返し、乱暴にもいきなり抜きつれて襲いかかった。家康はすばやく狭隘の地へしりぞいて迎え、本多忠勝、榊原康政、大須賀康高らが死を決して斬り込んだ、御しゅくんの危急を救おうとする一念不退転の切尖に、たちまち七八騎を斬っておとすと、その勢に圧倒され、また時と場所の不利を察した昌景は、すぐに兵をまとめて退き去ったのである。それがこんどの手切れの原因となった、家康は浜松城へ帰るとただちに甲斐との一戦を決意し、掛川城へ援軍として松平清宗を入れ、松平家忠に馬伏塚の砦を守らせた。こうして正面の守備をととのえたところで、菩提山奪取という秘策をたてたのだ、菩提山は掛川から東北へおよそ十里、駿河のくに志太郡にあって、高さは七百尺あまりだが上に堅固な砦が築かれている、府中城の外塁として、遠州からの攻口をにらむなかなか重要な拠点であった、これを攻略して敵の側面へ一石を打とうというのである、……選まれたのは榊原の先手組で、土田源七郎を旗がしらに百五十騎、精兵すぐって敵塁へと挺進して来たのだった。菩提山奪取の使命は徳川本軍が駿河へ突入するまで府中の兵力を牽制するにある、すなわち府中攻撃の捨石になるわけで、――全員あげて討死せよ、という意味はそこを指したのだ。

「しるしの松ではありませんか……」すぐうしろにいた河津虎之助がそう云った、「そこに見えているようですが」「うん……」源七郎は足をとめた、探索を放ってしらべさせた標の松、敵塁攻撃のあしばとなるべき場所へ着いたのだ。それは山の中段にある台地で、大きな赤松が叢林の中にぬきんでており、そこから上は草木を伐りはらった裸の斜面で頂上へと続いている、「息をいれろ……」源七郎はそう命じ、行李の荷駄が着くのを待って、その中のひどく嵩張る荷をひと包みだけ別にした、なにが入っているのか、重くはないがひどくかさばかりある包みだった、「……末吉、末吉孫兵衛はいるか……」源七郎は低いこえで一人の若者を呼びよせると、「これをそのほうの組で頂上まで運べ、大切にするんだぞ」そう云ってその包みを孫兵衛にわたした。

三

午前三時(うしのとき)を過ぎた。じゅうぶんに休息したうえ、軽装になった兵たちは二手にわかれ、砦の西と南から急な斜面を匍匐(ほふく)してじりじりと塁に迫った。いよいよ雨のあがるしらせだろう、遠く東のほうに雷鳴が聞え、あたりは幕を張ったように霧が巻きはじめた、……その濃霧のなかに、息をころして這(は)い登ってゆく兵たちの、合印(あいじるし)の白い肩布がちらちらと見えつ隠れつする、頂上の石塁はもう目前に迫ったが、そこにはなんの物音もなく、ひっそりとして人のけはいも感じられなかった。……源七郎は南がわから五十人を率いて登ったが、やがて高く右手をあげてうち振った、先鋒(せんぽう)の斬り込む合図だ、五人の銃手が鉄砲をあげていちどに射った、深閑(しんかん)たる暁闇(ぎょうあん)をつんざいて火がはしり、谷々にこだまして銃声が轟(とどろ)きわたった、そして西がわから百人の先鋒が切尖(きっさき)をそろえて塁壁へおどり込んだのである。

不意うちはみごとに効を奏した。まだ府中でさえ徳川軍が動きだしたことは知らない、ましてここまで突っ込んで来ようとは予想もしていなかったので、先鋒が斬(き)って入るや砦の中はまったく混乱におちいった。そのまま潰走(かいそう)し去るかとみえたがさすがに甲斐武士で、斬り込んで来た人数が少ないのをみるとやがてたち直り、具足を着けるいとまもなく素肌でとびだしたような者までが、手に当る槍かたなを執って猛然と反撃に出はじめた、そこへ南がわに待機していた源七郎の五十騎が面もふらず突っこんだ。……濠を塹り石で組上げた砦の中はひどく狭い、その狭い通路で、溜り場で、塁壁の蔭で、絶叫と呶号がとび交い刃と槍とがあい撃った。凄絶とも壮烈とも形容しようのない白兵戦が到るところに展開し、それがしだいに砦の外へと移った、勝敗のわかれがあきらかとなり、塁をとび越え山腹を転げながら敗走する敵が眼につきだした。……源七郎は五人ほどの敵を斬り伏せたあと、塁壁の上に立って戦闘の指揮をしながら、榊原の先手組がいかに剽悍な戦隊であるかをまさしくおのれの眼で見た。一人ひとりの精強なことはいうまでもないし、組となれば組ぜんたい、隊となれば隊ぜんたいが一つの戦気にかっちりと結びつき、いかにも自在にその能力を発揮する、なかでも特に眼を惹いたのは河津虎之助だった、かれは求めて強敵に当り、いきなりおのれの全身を相手の切尖へぶっつける、敵を斬るまえにまずおのれを斬らせようとするかにみえる、その真向からぶっつけてゆく大胆不敵さは無類のもので、いかなる強敵も殆んどこれを遮ることができぬ有様だった。……戦いは疾風の颯過するおもむきで終り、朝あけの輝かしい光のなかで高らかに凱歌をあげた土田隊は、やすむひまもなく敵の逆襲に対する防備をととのえた。荷駄をあげ、銃隊を配置し、崩れた塁壁を直し、見張りを立てた、そして敵味方の死傷者の始末をしてから、人員の点呼をした、味方の損害は死者二十余人と僅かな負傷者で、考えたよりもはるかに圧倒的な勝ち戦だった。

兵粮をつかうゆるしをだしたのは午前八時をすぎた頃である、思い思いの場所に寄合って弁当をひらいた兵たちは、まるで野遊びにでも来た子供のように嬉々としていた、「おい、本当に朝飯まえということはあるものだな……」誰かそう云う者があった、いかにも感に堪えたという声音だったので、わっと笑いだす者があり、「黙れ弥五」とか「そんなことは榊原先手組の通例だ」とか喚きだす者もあって、満々たる活気がゆれあがるようにみえた。……てばやく兵粮をつかった源七郎は、ひとりで砦塁を隅々まで見まわった。武庫三棟、糧秣倉があり、東に面して馬の通う道がついている、空濠は二重で、そのうしろに石塁を築きあげ、西南の隅にものみの望楼がある、その下の石室のような造りが部将の詰所であろう、そこから狭い通路が兵たちの長屋へ続いていた。「……水がないな」すっかり見まわったかれは、眉をひそめながらそう呟いた、「なかなか堅固な砦だ、これなら小勢でもじゅうぶん戦える、水の補給さえつけば……」まず水の湧く場所をみつけなければなるまい、そう呟いているところへ河津虎之助がやって来た、「汗をおながしなさいませんか、いま水甕をみつけだしたのですが……」「いいな」源七郎はすぐに踵をかえした、「しかしみんなにゆきわたるほど有るか」「いや下へいま水場を捜しにやりましたから……」そう云いながら虎之助は望楼の下へ導いていった。そこには四斗あまりも入りそうな水甕が担ぎ出してあり、半挿のしたくもできていた、それを見ると数日来の汗と膏で粘りつくような肌が急にやりきれなくなり、源七郎はいそいで具足をぬぎにかかった。虎之助はそばから手を貸していたが、脱ぎすてられる物を片寄せているうちに、ふと小さな袱紗包みをみつけだし、なにやら訝しそうにじっとそれを見まもっていた。源七郎は頭からざぶざぶと水をかぶりはじめた。

四

「これはやりきれない、こう暑くてはどうにもならん、骨まで腐ってしまうぞ」だるそうな声でそう云う者があった、「……また始めたぞこいつ、ほかになにか云うことはないのか、口さえあけば暑い暑いと知恵のないやつだ」「……じゃあきさま暑くないのか」「暑いと思えば暑いさ、寒いと思えば寒い、すべてこれにんげん妄念のいたすところだ、唐のなんとかいう詩人のなんとかいう詩だっけ、安禅がどうとかして心頭を滅却すれば火もまた涼しと転結に云っているくらいだ」「安禅がどうするんだ」「安禅はどうでもいい心頭滅却というところが肝心だ」「どうでもいいといったって安禅がどうかするから火も涼しくなるんだろう」「いや安禅はどうもしやしない、安禅はなんにもしないんだ」「どうしてなんにもしないんだ」「……ぶん殴るぞ」まわりの者がみんな笑いだすと、向うからひとりが呼びかけた、「弥五に構うな、そのくらい無道理なやつはないぞ、このまえ犬居攻めのときだったが、総寄せになって矢だまのなかをひた押しに突っ込んでゆくと、弥五めおれの前へのそのそと背中を持って来た、……なんだときくと、背中を蚤が食っているからちょっと手を入れて搔いてくれと云うんだ」なに蚤だってという声につれてみんなが失笑した、「……なにしろ矢だまのびゅうびゅう飛んで来るまん中だからな、さすがのおれもあいた口が塞がらなかったよ」「それできさまどうした」「おれか、おれはその、どうしたって、それは榊原の先手組だ、頼まれていやとは云えないじゃないか」「つまり背中へ手を入れて搔いてやったわけか」「いってみれば、まあ、そういう結果になるが……」こんどこそみんないちどに笑い崩れた。弥五と呼ばれる男は少しも動じない顔つきで、「おまえは無道理だなんぞと云うがな、勘解由小路二郎三郎左衛門、鉄砲だまに当るのはがまんできるけれども、蚤に食われて痒いのは堪らないぞ……」そう云いながらかれはいかにも堪らなそうな身振りをした、「まして甲冑を着けて、蒸されて、汗がじとじと流れているときなどは、背中じゅうがむずむずして、こう……このへんが」「おいやめろ弥五兵衛、なんだかこっちまで痒くなって来る……」

日蔭になっている溜り場のはなしごえを聞きながら、源七郎は砦をまわってゆき、崖へつきだしに組上げてあるものみへ登った。六月はじめの夏空は浮き雲もなく晴れあがって、真上からふりそそぐ日光があたりの塁壁へ眼も痛いほどぎらぎらと照りつけている、しかしものみへ登ると駿河の海まで見わたす壮大な眺望がひらけ、吹きわたる風も膚にしみるほど爽やかだった。……この砦を占拠してからもう十余日になる、いつ逆寄せして来るかも知れない敵に対して、この僅かな日数がすでに決して楽なものではなかった、砦には水が無いので、夜になると敵の監視の眼をくぐっては谷峡まで汲みにゆく、食糧も少ないし矢も弾丸も足りない、これは掛川城から補給が来る筈ではあるが、それまではいま持っているだけでいかなる挑戦にも応じなければならないのだ、一戦して死ぬだけなら問題はないけれども、本軍の駿河進攻まで敵兵力をひきつけて置くのがさいごの目的だとすると単純ではない、しかも敵がどう攻めて来るかによって防戦の法がきめられるので、困難はいっそう大である、——煩悩すべからず、源七郎は幾たびも繰り返しそう戒めた、挑んで来る戦いがいかなるかたちであろうとも、これを最終の目的までひきつけて放さぬ、その一点のほかに為すべきことはないのだ、すべては事実に当面してからである、そのまえの思案は却ってまぎれの因となるだろう。……源七郎は眩しげに眼を細めながら、紺碧色に凪いでいる遠い海の色を見まもり、ふと浜松の山河を思い描いたが、そのときうしろに人の足音がするのを聞きつけてふり返った。登って来たのは河津虎之助であった、「……ここは涼しゅうございますな」かれはそう云いながら近づいて来た、「むやみに登って来てはいけない、敵の目標になって狙撃されるぞ」源七郎がそう止めるのを、——ちょっとお話があるのですと押し返して、かれはじっとこちらの顔を見まもった。おなじ榊原の家臣ではあるが、先手組へ来るまで源七郎はかれのことをよく知らなかった、かれがすばらしい戦士であるのを知ったのはこの砦を攻めたときのことで、その敏捷と大胆不敵な戦いぶりはまざまざと記憶にある、それで源七郎はかれに抜刀組のかしらを命じ、ひそかに片腕ともたのんでいたのであった。

「はなしというのはなんだ……」「じつは先日ふとして拝見したのですが」虎之助はなお相手の眼をみつめながら云った、「……お旗がしらは珍しい漢鏡を持っておいでですな、あの袱紗（ふくさ）に包んだ品ですよ」源七郎は眉をひそめた、それはいつも鎧（よろい）の下へつけて、なるべく人眼に触れぬようにしていたものである、どうして河津がそれをみつけたのかわからず、不快な気持で次（つ）ぎの言葉を待った。

五

「あの鏡の裏にはたしか牡丹（ぼたん）が彫ってあると思いますが、違いますか」「……どうしてそんなことをきくのだ」「牡丹の鏡なら拙者（せつしゃ）も或るところで見たことがあるのです、ちょっと仔細（しさい）のある品でした、後漢時代のものだというそのねうちは別として……」そう云いながら、かれはしつこく源七郎の眼をみつめて離さなかった、「その仔細というのはこうなんです、その鏡の持主には美しいむすめがあって、鏡はそのひとの嫁入り道具に持たせてやる、……つまり婿（むこ）ひきでというような意味でしょう、拙者が拝見したときその持主はそう云っていました、ところがあなたがその鏡を持っておいでになる、とすると、つまり」「つまりそれは」と源七郎が遮った、「どっちにしてもそこもとには関係のないはなしだ……」「そうお思いですか」虎之助は唇をぎゅっと片方へ歪めた、「……本当にかかわりがないとお思いなら申上げますが、その古鏡が婿ひきでとして誰かの手に渡ったとしても、それは、当のむすめの知らないことなんです、というのはすでにむすめはほかに云い交わした者があるのですから」いつもしずかな源七郎の顔つきがそのときくっとひき緊った、虎之助はとどめを刺すような調子で「そうです」と続けた、「……そのむすめにはゆくすえを約した者がある、たとえ親がどうきめようとも、むすめの心はほかにあるんです、はっきり申上げますがそれはこの河津虎之助ですよ」そう云い切ったとたんである、源七郎がものも云わずに突然かれをもろ手で突きとばした、虎之助は仰のけにだっと倒れ「なにをなさる」と叫んではね起きようとした。そこへ源七郎が折り重なるように身を伏せて押えつけ「動くな」と叫んだ、「敵の狙撃だ、じっとしていろ……」しかしそれより早く、戛！　戛！　と銃弾がものみの塁壁を抉り、石屑と土をはね飛ばした。たあん、と谷にこだまして、銃声がかなり間近に聞える、虎之助はこくっと息をのんだ。しばらく飛弾の隙をみていたが、やがて源七郎は「はやく、この間に塁へはいれ」と虎之助を押しやった、「ひと言だけ云って置くがここは戦場だ、これから決して鏡のことなど口にしてはならん、……おれは此処（ここ）にいる、下へいって二番組に松の木へ銃を伏せろといえ、敵は寄せて来るかも知れぬぞ」虎之助はつぶてのように塁の中へとびおりていった、源七郎は身を伏せたまま敵のようすを見やった。そこから山の斜面の東と南がわに三つの谷がある、敵はそこに陣を築いて攻撃の機を覘（うかが）っているのだ、今そのいちばん左手の陣地のあたりに硝煙（しょうえん）のあがるのが見えた。

「お旗がしら応射をゆるして下さい……」登り口から二番組の刀根五郎太（とねごろうた）がそう叫んだ、源七郎はならんと答えた、「射つべきときには命令をだす、用意だけして待て」「敵が見えているのです、お願いです、一発ずつでもいいですから射たして下さい」ならんというきびしい声で、しかしようやく五郎太は去っていった。敵はものみにいた二人を狙撃しただけで、間もなく銃声もやみ、あたりはうだるような暑さの下でふたたび元のしずけさにかえった。

　思いがけぬところから思いがけぬ問題がおこって、源七郎の心は少なからず当惑した。虎之助がどんな男であるかは自分にはよくわかっている、戦いぶりそのままの直截（ちょくせつ）なくもりのない性質で、決して根もないことをあのように云う男ではない、かれの言葉はおそらく事実であるか、よほど事実に近いものと思わなければならぬ、だがそれならあのときの信夫の態度はどう解したらいいのか、……この品がなんだか知っているかと訊いたら、信夫は顔さえ赧らめながら、――存じておりますと答えた、それは牡丹の鏡であるということよりも、その鏡のもっている意味をさしているようすがあきらかだった、少なくともかれにはそう見えたのである。もしすでに河津と云い交わしてあったとすれば、へいぜいの信夫としてあのような態度を見せられるわけがない、そう考えるのは誤りであろうか。

――信夫の良人はおれだという虎之助のはげしい表情と、頬を赧らめながら心をきめたようにふり仰いだむすめの眼とが、牡丹の鏡を中心にして解きがたい謎を源七郎に押しつけるようだった。 もちろんそんなことにいつまで心を苦しめていたわけではない、かれは妄念をふり棄てるようにすぐそのことを忘れた、今どんな小さなことを思う余地もないほど、かれの立場は重要である、そしてじっさい、間もなく敵陣の活気だってくるのがみえはじめた。

六

敵はひましに兵を増強した。遠い平原のほうから山峡の道を縫って、丘陵をまわり森をぬけて、人馬の足もとから立ちのぼる土埃（つちぼこり）がうねうねと動き歇（や）まなかった、ことに檜峠（ひのきとうげ）のあたりでは旗差物（はたさしもの）のひらめくさまも見え、矢弾丸や兵粮の荷駄と思える夥（おびただ）しい馬の列も数えられた、「やつらは恐ろしく大がかりでやって来るな……」砦（とりで）の人々は笑いながらそう云い囃（はや）した、「つまり駿府にありったけの物を持って来て見せるんだろう」「戦（いくさ）には負けても数では負けないというつもりなんだ」「もの惜（お）しみをしないわけなんだな……」そういうむだ口の裏に、敵がひじょうな兵馬と矢弾丸を集注するのはこの砦を守る自分たちの戦力のすばらしさの反証であるという、誇りと快心の気持があからさまに表われていた。源七郎はしかし違った意味でよろこびをじっと抑えていた。敵がここへ兵馬を多く集めることは願ってもない幸運である、本軍進攻まで敵を牽制（けんせい）するという菩提山占拠の目的は、これでなかば成功したともいえよう、あとはこの敵をひきつけて置けばよいのだ、――ただひとつ矢だまが足りない、どう思案してもそれだけは不足だった。兵たちにもそれが懸念だとみえ、しきりに補給の荷駄の来るのを待ちかねていたが、やがて五人の組がしらが揃って意見を述べに来た、……掛川へ使者をやって頂きたいと云うのである、「敵の攻撃はすぐ始まるかも知れません、糧食はともかく矢だまはぜひ補給を要します、おゆるし下さるなら拙者が掛川へまいりましょう……」刀根五郎太がそう云った。源七郎はかぶりを振った、「それはよそう、むろん補給が来ればそれに越したことはない、けれども此処の戦いはどれだけ矢だまが有ってもこれで充分という限度はないのだ、矢だまにたよるのはよそう、全員あげて討死というはじめの決意ひとつで戦ってゆこう」「仰せですが……」どこかに棘のある調子で河津虎之助がこちらを見た、「矢だまの補給がつけばついただけ戦いの効果もあがると思います、それともわれわれはただ討死さえすればよいのでしょうか、全員が討死さえすれば……」源七郎はきびしく五人を見まわして云った、「この隊の旗がしらは土田源七郎だ、命令はおれが出す、組がしらとしての意見までは聴くが指図にわたる言葉はゆるさん、いずれも持場へ帰れ」これまで曾てないきびしい調子だった、みんな威圧されたように黙るなかで、虎之助ひとりはしかし嚙みつくような眼で源七郎の横顔をにらんでいた。

それから数日して敵陣に新しく大軍の到着したようすがみえた、ちょうどその夜半に菩提山の砦へも待ちに待った掛川から補給の行李（こうり）が着いた、かれらは五日まえに大井川を渉（わた）ったのだが、敵の監視の網をくぐるのに時を費（つい）やし、菩提山の北がわの嶮路（けんろ）を攀（よ）じてようやくたどりついたのであった。考えたよりも余分の矢弾丸と、食糧に添えて酒が来た、けれどもそれより意外だったのは浜松に在る家族からの音信が託されてあったことだ、これはまったく予想もしていなかったので、そこにもここにも歓（よろこ）びの叫びがあがった。……源七郎には掛川にいる榊原康政からの密書と、そして浜松の三村勘兵衛からの手紙がわたされた。かれは自分の詰所へはいり、小さな燈明（とうみょう）の光の下でそれを披（ひら）いた、康政の書面は決戦の期を知らせるもので、……おん旗下本軍は六月十七日午後大井川を渡って進攻する、菩提山の諸士は当日万難を排して敵兵力を日没まで牽制せよ、そういう意味のことが簡単な力づよい文章で記してあった。源七郎は読み終ると共にふと微笑し、燈明の火をうつしてそれを焼き捨てた、それから三村勘兵衛の手紙をとって封を切ったが、中から出てきたのは信夫の文であった、気づいてみると封の手跡も信夫のものである、源七郎はなにごとかと思い、燈明をひき寄せて読みはじめた、……とりいそぎ申上げまいらせそろ、文はそういう書きだしで、出陣の日の出来事が正直に書いてあった、心ならずも虎之助に「はい」と答えた前後のところは文字もみだれているようで、いかにも切ない気持があらわれていた。……ひとすじに思い詰めたる御ようすなり、必死をかくごの御出陣と申し、いかにもいやとは申上げられず、夢うつつの如(ごと)くはいとお答え申し候(そうろう)ことにござそろ、あなたさまへはお詫(わ)びの致しようもなき不始末、信夫の身にもとりかえし難き、……そこまで読んできた源七郎は、あとの文字を見るに堪えなくなって卒然(そつぜん)と文を措いた、かれは片手で額を押え、低く呻(うめ)きながら眼をつむった。はじめて謎が解けた、……信夫は自分と未来を云い交わしてある、そう云った虎之助の言葉が今こそよくわかる、たとえそれが虎之助のひとり合点だったとしてもその言葉に嘘(うそ)はなかった、「……うん」源七郎はもういちど呻いたが、それからしずかに立って塁を出てゆき、望楼へと登っていった。深夜の望楼で、かれは独(ひと)りなにを考えたのであろうか、それは信夫がいじらしいというただひとつの想(おも)いだった、そのとき「はい」と答えた信夫の心理が、源七郎には痛いほどあざやかに推察できる、ほかの者ならいいえと云(い)えたであろう、事情は話せないまでも帰陣のうえでというくらいは口にした筈だ、信夫にはできなかった、かなしいほど憐(あわ)れみの情のふかい、あわれなほども温(あたた)かいやさしい信夫には、それができなかったのである、「……信夫」源七郎は美しく星のきらめく空をふり仰ぎ、しずかに口の内で呟(つぶや)いた、

「よくはいと云った、それがおまえにはいちばん似合っている、不始末ではない、それでよかったんだ、……虎之助の申込みもひとすじで美しい、これでいい、なにも悲しむことはないじゃないか、おれはよろこんで、あれに鏡を譲るよ……」

七

半刻(はんとき)ほどして望楼から下りた源七郎はすっかりおちついていた。かれはすぐ三村勘兵衛に宛(あ)てて手紙を書いた、それから牡丹の鏡をかたく包みにして、いっしょに荷役の宰領に託した。……かれらが山を下りていったのは夜明け前のことだった、このあいだに兵たちは矢弾丸の荷を解(と)き、糧食を倉へ運び入れていた、みんな活(い)き活(い)きと元気になり、つきあげてくる闘志を抑えかねるもののように、なにやら喚(わめ)いては叱(しか)られるが、すぐにまた好きなことを呶鳴(どな)ったり叫んだりしていた。

六月十六日の夕刻、源七郎は河津虎之助を呼んで一通の書状をわたし、——これを持って掛川城へゆけと命じた、「日が昏(く)れたらすぐ山を下りろ、この書状をいかなることがあっても御しゅくんへ御手わたし申すのだ」「……拙者がまいるのですか」虎之助は蒼くなり、しずかに頭を振った、「失礼ですがほかの者にお命じ下さい、拙者はここにとどまります、このときに当って戦場を去ることはできません」「旗がしらの命令だ違背はゆるさん」「……鏡の返礼ですか」虎之助は唇をひき歪めた、「われわれ先手組はこの砦を守って決戦する、全員のこらず討死だとあなたは仰じゃった、その決戦の時を眼前にして拙者を除こうとなさる、牡丹の鏡がそれほど……」声をふるわせてそこまで云いかけたが、源七郎は大股に一歩すすみ出ると、手をあげて虎之助の高頬をはげしく打った、二つ、三つ、そしてよろめく相手の上へのしかかるように「黙れ」と叫んだ、「……ここは戦場だ、われわれは武士だ、女のことなどでうろたえるような未練者はひとりもおらぬ、死ぬも奉公、生きるも奉公、いずれに優り劣りがあるか、旗がしらとしてそのほうならではと思うから命ずる、……河津虎之助、掛川城の御しゅくんまで使者を申し付けるぞ、出発は日没と同時だ、わかったか」きめつけるように云うと、源七郎は踵をめぐらして自分の詰所へ去った。虎之助はその日の昏れがたに山を下りていった、谷へはいるところで敵にみつけられ、しばらく銃撃されたようすだったが、たしかに駆けぬけてゆくのを見た者があった、「……足を射たれたとみえてびっこをひいていた、しかし元気に森へとびこんでゆくのがはっきりと見えた」その森は谷のはずれから伊久美川の流れまで地を掩っている、そこへはいればあとは大丈夫だろう、これで心残りはないと源七郎は大きく安堵の息をついた。そしてその夜、かれは砦の広場へ全員を集めた、まったく風のないしずかな夜で、虫の音がわくように湿った夜気をふるわせていた、源七郎は兵の一人ひとりを見まわしながら、明日こそ決戦の時であると告げた、「……明十七日午後、御旗もと本軍は大井川を渉って駿府城攻撃の火蓋を切る、われらは日没まで敵の兵力をこの菩提山へひきつけて置かなければならない、先手組がこの砦を奪取した意味はそこにあるのだ、此処が死に場所だ、しっかりやろうぞ」簡単なしずかな言葉だったが、かねてこの期を待っていた兵たちは火のような昂奮のためにどよめいた、源七郎は別宴の酒をあけろと命じ、自分も兵たちのなかに席を占めた、賑やかな、まるで凱陣の祝を思わせるような、明るい酒宴がそれから一刻ほど続き、やがて見張りを残して、兵たちはそれぞれ眠りについた。

　源七郎は兵たちが寝しずまるのを待って、四人の組がしらをつれて武庫へはいってゆき、嵩張った大きな荷包みを運び出した、それは掛川から持って来て武庫へ納めたまま手もつけなかった物である、いったいなんだろうという疑問の種になっていたのが、今ようやく眼の前に解きひらかれるのだ、組がしらたちは望楼の下へ運んで来ると、興を唆られたようすで、その包みをとり囲んだ、源七郎は姿勢を正して「礼……」と云った、四人はびっくりしながら急いで低頭した、そして荷包みが解かれた、幾重にも包んである中からあらわれたのは「金の御幣」と「金の扇」の二つの大馬印だった、四人はあっと息をのんだ、それは二つとも徳川家康の馬印である、家康本陣ならでは見ることのできないものなのだ、かれらはあまりに意外だったので、なかば茫然と源七郎をかえりみた、源七郎はしずかに手をあげて「それを塁壁の上へ立てるのだ……」そう云いながら、自分からさきにその場所へあがっていった。

八

「おいみろ、御本陣の馬印だ」「これはどうだ、夢じゃないのか」「御馬印だ、夢じゃない御旗もと御本陣の馬印だ、……」まだ明けきらぬ早暁の砦に、時ならぬ叫びごえが起こり兵たちがとびだして来た、塁壁の上には家康本陣の大馬印が立ち、それを護るように榊原の赤地九燿星、酒井の紺地四つ目、水野の黒地に通宝銭と、三部将の馬印差物が堂々と並んでいる、みんな眼をみはり、あっけにとられてふり仰いだ、……どうしたことだ、誰も彼も自分の眼を疑った。しかし敵の驚愕はそんな程度のものではなかったらしい、朝の光が菩提山の砦をくっきりと描きだしたとき、突風でも吹きわたるように敵陣の上に遽しい動揺があらわれ、まるでたぐり込まれるようなかたちで銃隊が火蓋を切った。

かくて敵の銃射によって決戦の幕はあがった、一旬のあいだ兵と武器弾薬を集結していた甲斐勢は、山上に徳川本軍ありとみて全陣地に伝令をとばし、うしろ備えをも挙げて総攻めの態勢をとった。源七郎はこれをしずかに視ていた、戦はかれの計った方向へ傾いてきている、はじめ掛川を出るときから、……先手組の寡数で敵の兵力をひきつけるにはこれが考えられる最上の策だ、そう思ってひそかに本陣の御馬印を摸作して来た、しかし敵がその策に乗るかどうかはなかば疑わしかったのである、それが僥倖にも図に当ったのだ、敵はみごとに誘い込まれて来たし、味方の兵たちは御本陣の馬印の下で死ねるという、思い設けぬ幸運のために士気百倍した、あとはただ傾いてきたこの戦の方向を捉んで放さなければよい、味方の一人ひとりが、さいごの一人が討死するまで、がっちりと敵をひきつけて戦うのだ、……おちついてゆこう、日没まで時刻はたっぷりある、源七郎はそう呟きながら望楼へあがっていった。

銃射にはじまった敵の攻撃は、時の移るにしたがって徐々と接近戦になり、午前十時ごろにはいちど敵の槍隊が塁下の濠まで突っ込んで来た、しかし源七郎はあくまで守勢をとり、適宜に矢弾丸をうちこむだけで、敵の誘いに乗ることをきびしく抑えつけていた。探りと誘いを兼ねた襲撃が幾たびかおこなわれ、陣構えもしだいに近接して来た。灼けつくような日光がぎらぎらと照りつける下で、硝煙が舞い立ち、銃声と鬨のこえが谷間にこだました、前進して来た敵は砦を東南から囲み、半円を随時に縮めながら、烈しい銃射と突撃とを矢継ぎばやに繰返した、戦機はようやく熟しつつある、――今だ、源七郎は抑えに抑えていた第一矢を放った、三番組の抜刀隊を斬り込ませたのである。それは午の刻をかなり過ぎた頃だった、砦を下りてまっすぐに敵のなかへ躍り込んだ二十余人の抜刀隊は、群がる人数を相手に悪鬼の如く斬りむすんだうえ、或いは敵と刺し違え、或いは薙ぎ伏せ斬り伏せ奥へと突っこみ、相い組んで谷へ転げ落ち、さんざんに闘って一人のこらず討死をした。……およそ半刻あまり続いたこの死闘が終ると、敵の攻撃は再び砦へと集中した、こんどは新手も加わって、左右から銃を射かけつつ犇々と攻め登って来る、源七郎は右翼から槍組を突っ込ませた、そして白兵戦が右翼に展開したとき、二番組の抜刀隊を棚まで切って出した、しかしこの二隊は一戦するとすぐ砦へ退かせ、押し詰めて来た敵の頭上へ覘いうちに矢弾丸を叩きこんだ。……合戦は思いのほか早く頂点に達するかにみえる、源七郎は指揮をとりながら望楼にいる物見の兵に呼びかけた、「物見……本軍の動くようすはないか」「なにも見えません」物見の兵はそう叫び返した、「……まだなにも」源七郎は唇を嚙んだ、本軍の大井川渡渉が済むまではこの砦を確保しなければならない、あせるな、あせるな、かれはもりあがってくる決戦の期を前にして、ともすれば逸りたつ心をぐっとひきしめ、ひとしきり防戦を銃撃に集めた。

　午後二時すぎると塁の中に寝ていた傷兵たち十七人も出て来た、かれらはこの砦を奪取するとき負傷したもので、それまでかたく出ることを禁じられていたのだが、矢叫び鬨のこえの激しくなりまさるのを聞いて堪りかね、ついに塁へ出て戦いに加わったのである、かれらは死者の銃をとり、弓を持った、弾丸を運び、水を配ってまわった。敵の矢弾丸はその頃から圧倒的になり、みるみる味方の損害が増しはじめた。「おい勘解由小路二郎三郎左衛門……」左翼の塁壁の下でそう呼ぶこえがした、呼ばれた者がふり返ると、相手は横ざまに倒れ、銃を左手に起きあがろうとしているところだった、「どうした弥五兵衛、やられたか」「……なに」かれは走せ寄った友を見あげ、にっと笑いながら首を振った、「……背中を、また蚤が食いやがる、済まないが、手を入れて掻いてくれ」「……そうか」頷くなり具足の衿をくつろげ、手をさし入れて掻きさぐった、蚤ではなく、貫通した銃創からながれ出る血だった、「いい気持だ……済まないなあ勘解由小路二郎三郎左……」そこまで云いかけると、かれは急にがくりと前へ崩れた、だが微かにこう続けた、「……長すぎる、べらぼうに長い名だ、来世はもっと短いのを付けて貰えよ」そして絶息した。そのときである、望楼から物見の兵の大きな叫びが聞えて来た、「お旗がしら、土煙が見えます……」「なにどうした」源七郎は中央へとびだした、「金谷の上流に土埃が大きく動いています、本軍が進撃をはじめました」その叫びは狭い塁の中いっぱいに響きわたり、兵たちは喉も裂けよと歓呼の声をあげた。物見からは刻々に本軍の動きを知らせる叫びが聞えた、大井川にゆき着いた土煙は、先鋒が渡渉したとみえて、川を二つにわけて帯のように空へたなびきあがり、そのまま東へ東へとひた押しに移動してゆく、あきらかに東岸の敵陣を突破したようすだった、この知らせの一つ一つが砦の兵を狂喜させた、……とうとうここまでこぎつけた、源七郎は神にも謝したい気持でそう思い、いっそう熾烈になった敵弾のなかへ大股に出ていった、「……みんな聞け、御旗もと本軍は大井川を越して、いま駿府へとまっしぐらに進んでいる、われわれはお役に立った、ここが先途だ、さいごの一人まで御馬印の下で死のうぞ」それに答えて立った。……源七郎は刀を抜き、家康の大馬印の下へいって立った。砦を掩うように鬨があがった、傾きかかった真夏の日はなお烈々と輝き、惨澹たるこの戦場を斜に照らしだしていた。

九

徳川本軍はその夜のうちに府中城を攻め落した、山県昌景は奇襲を受けきれぬとみて、脆くも旗を巻いて退却した。家康が入城するとすぐ榊原康政がおめどおりを願い出た、家康は待ちかねていたようすで、かれがめどおりへ出るといきなり菩提山のようすを訊ねた、今日の奇襲が成功したのは、菩提山の砦が敵の中枢勢力をひきつけて放さなかった点にある、だが僅かな兵数でどうしてこれだけの事が為し得たのか、家康にはそれがなにより不審だった、いかなる神謀鬼略があったのか、「……中上げます」康政は問いに答えて云った、「まことに申しわけもなきしだいではございますが、かの砦には本陣の御馬印を立てたのでございます」「本陣の……おれの馬印か」家康は眼をみはった。「……御旗もと本軍が山上に詰めたとみせるために、もったいのうはござれども御馬印を拝借つかまつりますと、前夜ひとりの使者を以て願い出ました、お許しもなく御馬印を拝借つかまつるなど、なんとも僭上ぶれいの沙汰ではございますが、寡兵を以て敵の大軍をひきつけ、駿府攻略のお役の端にもあい立ちましたことなれば、なにとぞお慈悲をもちまして……」「もうよい、わかっている」家康は手を振りながら、ふとその両眼を閉じ頭を垂れた、かなりながいことそうしていたが、やがてしずかに面をあげて「……二度とはならぬが、このたびはゆるす、そのほうすぐみにいってやれ」「……はっ」「生死にかかわらずこれを遣わすぞ」そう云いながら、家康は着ている陣羽折をぬいでさしだした、康政は押し戴いて受け、幕営をさがるとそのまま、夜道をかけて菩提山へ向った。

康政主従が山上へたどり着いたのは明くる日の黄昏まえだった。足の踏むところ、眼を向けるところ、どこもかしこも死躰だった、焼けた望楼や崩れた塁壁の下まで捜したが、息のある者は一人もなかった。防げるだけ防ぎ、さいごには敵が斬り込んで来たとみえ、刺し違えて死んでいる者がずいぶんあった、なかには負傷して身うごきができなかったのだろう、自ら屠腹した者も十人あまりいた。土田源七郎の死躰は御馬印の下にみつかった、そこでもっとも烈しい戦いがあったらしく、折り重なっている二十人あまりの屍は、兜がとび鎧はずたずたに千切れ、持っている刀も或いは折れ或いは鋸のように刃こぼれがしていた。……あまりのすさまじさに康政も従者たちも声が出なかった、しかしむざんとかあわれとかいう感じは些かもない、ただ神々しいまでに壮烈だった、神々しいというよりほかに形容しようのない壮烈なありさまだった。

「源七郎のなきがらを起こしてやれ……」康政がそう命じた、従者の二人が左右から源七郎の死躰を抱き起こした。康政は下賜されてきた陣羽折をとってしずかに進み寄り、生きている者に云うように、感動を抑えた低いこえで云った、「あっぱれよく戦ったな、土田源七郎、……御馬印のことはおゆるしが下ったぞ、そのうえ御着用の陣羽折を遣わすとの仰せだ、おれが着せてやるぞ、いいか……」そしてみずから死躰に着せてやった、「うれしかろう、みごとな武者ぶりだぞ」そのときはじめて康政の眼から涙がはらはらとあふれ落ちた、ひれ伏している従者たちのあいだに嗚咽のこえがひろがった、……蕭々と吹きわたる風が、このすさまじい戦の跡を弔うかのように、松の梢を鳴らしていた。

　浜松の留守城にいた三村勘兵衛のもとへ、土田源七郎の書状が届いたのは、先手組の全員が菩提山で討死をとげたという飛報と殆んど同時であった。書状に添えて牡丹の鏡が戻されて来た、……勘兵衛は手紙を読み終ると、むすめを招いて「これを読んでみろ」とわたした、信夫にはそれが誰の書状であるかすぐにわかり、ちょっと顔を蒼くしながら、しかしおちついた態度で披いた。……心いそぎ候まま委細つくし申さずそろ。このたび出陣のみぎり、御秘蔵の古鏡、御恵与にあずかり候こと身にあまる果報と存じそろ。さりながら拙者にはお受け申すこと相成り難く、ぶしつけの儀いかにも申しわけこれなく候えども、ぜひぜひ河津虎之助にこそ古鏡お譲り下されたく存じそろ、虎之助ことは無双のもののふにて、拙者には片腕とも弟ともたのむ者にござそろ、信夫どのにも……よくよくこの儀お伝えのうえ、やがて華燭のおん祝もあらば、貞節なる妻としてすえながくお仕えなさるべく、万福の栄えをこそ、お祈り申上げそろ。源七郎という署名の力づよい文字を見ながら、信夫はあふれてくる泪を抑えることができなかった、源七郎のひろく温かい心がかなしいほどじかに胸をうつ、自分が迂闊だったために犯したとり返しようのない過ちを庇って、虎之助に鏡を譲ってくれとみずから父に頼んでくれた、貞節な妻になれという言は、おそらく信夫に呼びかけているのであろう、――よくわかりました源七郎さま。信夫はそっと心のうちで答えた、――わたくし河津の家へとつぎます、そして虎之助どのの貞節な妻になります、それが貴方さまへのお詫びのしるしにもなると信じますから……。勘兵衛はむすめのようすをいたましげに見まもっていたが、やがてしずかに労るように云った、「河津はけがをして掛川にいるそうだ、間もなく浜松へ帰ってまいるだろう、源七郎のこころざしだ、もし帰って来たら、おまえからこの鏡を贈るがよい、わかったな」「はい……」はいと口のうちで答えながら、信夫は両手で面を掩った、傍らにいた母親のお萱もそっと眼を押えた、勘兵衛は膝の上でかたく拳をにぎり、妻戸のほうへ眼をそらしながら、まるで自分で自分を慰めるように云った、「源七郎は殿から御着用の陣羽折を拝領したという、もののふとしては無上の死に方だった……まことに、うらやむべきやつだ……」

付記

この篇の六十六頁に「安禅がどうとかして心頭を滅却すれば」云々ということを記したが、これは唐の翰林院学士、杜荀鶴の詩の転結であって、正しくは「三伏門を閉じて衲を披る、兼て松竹の房廊蔭する無し、安禅何ぞ必ずしも山水を須いん、心頭を滅却すれば火も亦(また)涼し」というのである。後半二句の転結はいろいろな意味であじわいが深く、かなりひろく人々に愛誦(あいしょう)されている、甲斐のくに恵(え)林寺(りんじ)の快川和尚(かいせんおしょう)が武田勝頼の滅亡したとき、織田信長の暴手に焚(た)かれて死んだ、そのおり炎上する山門の楼上でこの句を大喝したというはなしは有名である。

決死の伊賀越え

——忍者頭目服部半蔵

滝口康彦

滝口康彦（たきぐち・やすひこ）
1924年、長崎県生まれ。高等小学校卒業後、事務員、鉱員などを経て作家生活に入る。1957年に『高柳父子』が直木賞候補に。合計6回直木賞候補となった。生涯の大半を佐賀県多久市で過ごし、九州各地を舞台にした小説を数多く発表した。代表作に『拝領妻始末』『薩摩軍法』など。2004年逝去。

一

永禄五年（一五六二）以来、二十年にわたって織田信長と同盟を結んできた徳川家康は、天正十年（一五八二）五月十五日、穴山梅雪をともなって安土城に伺候したあと、同月二十一日、信長より一足早く上洛した。信長の嫡子信忠もいっしょであった。

信長が本能寺に着いたのは、五月二十九日である。先に安土で、

「ゆるゆる堺見物でもなされよ」

と信長にすすめられていた家康は、この日、穴山梅雪とともに堺にくだった。

信長の小姓で、かねがね信長から、

「お竹」

と呼ばれている長谷川竹丸――後の藤五郎秀一（ひでかず）が案内役をつとめた。

家康にしたがったのは、小人数ながら、酒井忠次、石川数正、高力清長、大久保忠隣（ただちか）、本多忠勝、榊原康政ら、一騎当千の面々であった。

「槍半蔵」

といわれる渡辺半蔵と並んで、

「鬼半蔵」

と異名をとった服部半蔵正成も、お供に加えられていた。

五月二十九日、六月一日と、堺の政所（まんどころ）松井友閑（ゆうかん）のもてなしを受けて、堺に二泊した家康は、六月二日の朝、

「信長さまにご用あり」

と称してにわかに堺を発ち、京都に向かった。松井友閑が、みやげものをととのえる間もないあわただしさだった。

実はこの朝、家康がいつもよりややおそめに朝食をとっているところへ、服部半蔵が顔を出して、

「お人ばらいを」

と耳うちした。家康はすぐに、給仕の者を遠ざけた。

「なにごとじゃ」

「今暁（こんぎょう）、本能寺に異変があったらしゅうございます」

まだくわしいことはわからぬが、羽柴秀吉応援のため、亀山城を発して中国へ向かったはずの明智日向守光秀の軍勢が、老の坂から一転して京にはいり、本能

寺に乱入、他の一隊は、妙覚寺からのがれた信忠を、二条御所に囲んでいるという。

「伊賀者の報告か」

「御意」

家康が信長に、安土で堺見物をすすめられたことが伝わって、京都では、

「信長さまは、三河（家康）どのを、堺で始末なさるらしい」

といううわさが流れた。そのため半蔵が、えりぬきの伊賀者数名を、京都に残しておいたのである。

「まさか光秀が……」

半信半疑のまま、京都に向けて出発した家康が、飯盛八幡のある河内の飯盛山の近くまでさしかかったとき、先発していた本多平八郎忠勝が、途中で出会った京都の商人、茶屋四郎次郎をつれて引き返してきた。

「茶屋どのは、急を知らせに、はせつけてくれたのでございます」

「すりゃあ、異変はまことだったたか」

「信長さま、信忠さま、ともに火中にお果てなされ、家来の面々もあらかた斬り死、京都への道筋は、すべて明智の軍兵で押さえられた模様でございます」

さすがの家康も、馬上に茫然となった。酒井忠次、石川数正以下の老臣も、途方にくれたおももちだった。

「殿、いかがなされます」

「死ぬまでじゃ」

家康はとっさに肚をきめた。

「これよりただちに京へはせもどり、知恩院にて腹を切る」

二十年間、たがいに助け合ってきた信長に対して、当然のことと思った。それ以外、道はなかった。

本国三河は、道のりにすれば、それはどの遠さではないが、いまの家康にとっては、千里のへだたりといえる。

京都がすでに明智勢に制圧されているとすれば、京をへて、生きて三河へ帰る道は断たれたと見なければならない。一騎当千の面々ぞろいとはいえ、それぞれわずかな供しかつれておらず、総勢合わせても百にも満たぬ人数だし、ましてみな平服で、甲冑の用意もないとあっては、どうしようもなかった。

が、知恩院で腹を切るつもりであれば、京への道筋の敵は突破できぬこともない。なまじ命を惜しんで、京をさけるとすれば、一度も通ったことのない道をえらんで帰ることになる。

「万一、野伏(のぶせり)どもの手にかかっては、天下に恥をさらすようなもの」

それよりは、いさぎよく、みずから死ぬべきだと、家康は強調した。

「やはり、それしかござるまい」

老臣たちも同意した。すると、たまりかねたように、若い本多平八郎忠勝が、

「これはおことばとも覚えませぬ。腹を切るなどもってのほか、ここはなんとしてでも三河に帰り、信長公の弔い合戦をすべきだと、平八郎は心得ます」

と異をとなえた。

「おお、平八郎、ようぞいうた」

大声で忠勝を支持したのは、忠勝と同年の榊原康政だった。

「わかった。忠勝の申すとおりじゃ」

家康はあっさり翻意した。そのとき、

「服部半蔵はどうした」

とだれかがいった。いわれてみると、なるほど半蔵の姿がどこにもない。

「さては、ご主君を見かぎって、いち早く逃げおったな」

「鬼の半蔵などといわれても、しょせん伊賀者は伊賀者よ」

二、三人が口々に悪口をいった。

「たわけ。半蔵がそのような男か」

すでに家康は、半蔵が消えた理由を読みとっていた。

「一同、伊賀越えで三河へ帰る」

このとき、家康は四十一だった。

二

戦国の名ある武将のなかで、伊賀や甲賀の忍者を、家康ほど巧みに用いた者はいない。信長は多少の甲賀者を召し抱えはしたが、もともとは忍者ぎらいで、いわゆる「天正伊賀の乱」では、伊賀者の掃滅をはかった。秀吉もまた、信長ほどではないまでも、伊賀、甲賀の者に好意を持たなかった。

家康だけが、伊賀者や甲賀者を人らしく扱った。家康がもっとも重く用いた伊賀者が、服部半蔵正成である。家康より一つ年若だった。

伊賀には上忍の家が三家あった。服部、藤林、百地である。筆頭と見なすべきは、服部家だった。

半蔵正成は、服部半三――石見守保長の五男である。ただし、生まれたのは伊賀ではない。父の半三保長は、半蔵が生まれる前に伊賀を出て、家康の祖父、松平清康に仕えていたのである。

半蔵の初陣は、弘治三年（一五五七）の三河宇土城攻略のおりだった。このとき、十六歳の半蔵は、伊賀忍者七十名を率いて宇土城に忍びこみ、城内の各所に火を放って、味方勝利のきっかけをつくっている。

永禄三年、家康は二百名の甲賀者を召し抱えたが、仲介の労をとったのは、ほかならぬ伊賀者の半蔵だった。

甲賀は伊賀と境を接しているし、伊賀流、甲賀流といっても、根は一つだから、そうした交流もめずらしくはなかった。

この甲賀忍者たちは、二年後の戦いで軍功を立て、半蔵まで面目をほどこした。

半蔵はその後、姉川や三方ケ原の戦いにも武功をあらわしたが、これは忍者としてではなく、武将としての働きである。

「鬼半蔵」

と呼ばれたのも、このころからだった。

だが、まだ家康の心の奥底には、半蔵をひそかに、

「伊賀者」としてのみ見る目があった。その家康が、半蔵に、全幅の信頼を寄せるようになったのは、本能寺の変に先だつこと三年、天正七年からである。

この年、家康はその生涯における最大の痛恨事に見舞われた。最愛の嫡男、岡崎三郎信康が、信長から死を賜ったのである。

信康は、間々粗暴な振舞はあったが、武将としては、抜群の器量があり、だれもが前途に望みをかけていた。

信康は永禄十年、九つのとき、信長の娘五徳をめとった。長じて、夫婦の仲はむつまじく、二人の娘まで生まれた。

ところが、信康の母築山どのは、今川家ゆかりとあって、五徳を憎み、男の子が生まれぬことを幸いに、信康に女を与えた。信康は五徳をかえりみなくなった。

そのことから、ある日、五徳は信康をなじった。かたわらにいる、侍女の小侍従の顔色を見てとった信康は、

「おのれか、告げ口しおったのは」

五徳の目の前で、小侍従を刺し殺し、口を引き裂いた。それを恨んだ五徳は、信康の暴虐の数々を十二ヵ条の一つ書き（個条書き）にして、信長へ書き送った。

そのなかには、築山どのと信康が、甲斐の武田勝頼と通謀している旨も書かれていた。

築山どのが、医師減敬と密通し、減敬を通じて、勝頼と手を結ぼうとしていたのは事実だが、信康はぬれぎぬだった。

信長は、徳川家の重臣酒井忠次を安土城に呼びつけ、五徳の書状をつきつけて、

「この条々、存じているか」

と問いただした。

「存じております」

いとも無造作に忠次は答えた。忠次は、老臣として立てず、見くだした態度をとりがちな信康に、かねてふくむところがあって、わざとそうしたという。

信長は、勝頼との通謀にかぎり、信康の無実を承知していたに違いない。にもかかわらず、酒井忠次を通して、

「信康に腹を切らせよ」

と家康に命じた。

信長の嫡子信忠と、家康の嫡子信康をくらべた場合、信康の器量がはるかに上まわっている。織田家の将来を考えた信長は、五徳の訴えを絶好の口実として、

信康を抹殺しようとはかったのである。

永禄五年以来、攻守同盟を結んできたとはいえ、決して対等の盟約ではなかった。実質的には信長への服従であった。家康に信長の命をこばむ力はなかった。

家康は涙をのんで信長に屈した。

八月なかば、家臣に命じて正室築山どのを殺した家康は、信康を岡崎から大浜へ、ついで遠江の堀江城に、そして最後に二股城に移して、大久保忠世に監視させた。

「ひそかに信康を逃がせ」

というなぞだったらしい。が、忠世はそれを悟らなかった。酒井忠次同様、信康にふくむところがあって、わざと気づかぬふりをしたという説もある。

浜松から岡崎にきていた家康は、九月十五日、ついに信康に死を命じた。

このとき、検使として二股城に乗りこんだのが、服部半蔵と天方山城守だった。

「謹んでお受けつかまつる」

白装束に改めた信康は、二人の娘の将来を半蔵たちへ託したあと、

「半蔵、介錯はそちに頼む」

といった。

最後の願いとあっては、いやともいえず、検使として乗りこんだはずの半蔵が、介錯人をつとめるはめになった。

信康は、短刀を左脇腹に突き立て、ぎりぎりと右に引きまわした。

「半蔵、それ」

「心得て候」

刀をふりかぶりはしたものの、どうしても打ちおろすことができかねた。

「半蔵……」

苦しい声でせきたてる。

「若殿、半蔵にはでき申さぬ」

半蔵は刀を投げ捨てるや、その場にすわりこみ、両手で顔をおおって、おいおい泣き出した。

「か、介錯……」

あぶら汗をたらして、信康がふたたびうながした。見かねた天方山城守が、半蔵にかわって、

「ご免」

と信康の首を打ち落とした。

後刻、服部半蔵と天方山城守は、岡崎城へ帰って、寝もやらず待っていた家康に、委細を報告した。

「そうか。鬼の半蔵でも、主の首は討てなんだか……」

それっきり、ことばにならず、家康は肩をふるわせた。家康が半蔵を、心から信頼するようになったのは、これ以後である。一方、天方山城守は、

「好きで主の首を討ちでもしたように仰せられては、おれの立つ瀬がないわ」

と、日ならずして岡崎から立ち去った。

三

家康が、伊賀越えで三河へ帰る決意をしめすと、長谷川竹丸が、

「わたくしも、三河までおともないくださいまし」

と申し出た。家康に否やはない。一行は、飯盛山をあとにした。後に穴山梅雪にも、使者をやって、

「われわれと合流されよ」

といわせたが、梅雪はかなりの距離を保って、いっこうに追いつかない。いや、

かえっていっそう遠ざかる様子だった。

「わしを疑っていると見える」

家康は苦笑した。一行は、尊延寺、草内(くさじ)と進んだ。みな重苦しく黙りこんで、ほとんど口をきかなかった。

「伊賀越えなら、半蔵がかならず活路を見出してくれる」

信じながらも、不安がつきまとった。守ってくれるべき伊賀者が、果たしてどのくらい残っているか。

伊賀忍者は信長に殲滅された。

二年前の天正八年、信長の次男で、伊勢を領している北畠信雄は、伊賀国の攻略を思い立って兵を出した。

伊賀国には、小土豪が割拠するばかりで、その上に立つ大領主がいない。信雄は、そこに目をつけて野心を燃やした。が、信雄の軍勢は、伊賀忍者のはげしい抵抗にあって、惨憺たる敗北を喫した。

「たわけ」

信雄をしたたかに叱責した信長は、翌年、つまり去年の九月、あらためて伊賀攻略をくわだて、五万近い大軍を投入した。これが世にいう「天正伊賀の乱」である。

織田軍は、伊勢口、柘植（つげ）口、多羅尾（たらお）口など六方面から進攻した。四千の伊賀忍者は、北伊賀、南伊賀の総力を挙げて戦ったが、十倍以上の大軍をささえ得るはずもない。

伊賀一円は焦土と化し、伊賀忍者はほとんど壊滅した。上忍の藤林長門守、百地丹波の消息さえ不明だった。それから、まだ一年とはたっていない。

「伊賀者は残っているのか……」

心もとない話だった。それに、伊賀にはいるには、甲賀を通らねばならない。しかも伊賀の乱のとき、甲賀の衆が、織田軍の甲賀領内通行を許したことから、伊賀衆と甲賀衆のあいだは微妙なものになっている。

「甲賀衆のことなら、おまかせください」

家康の不安を察したのか、長谷川竹丸がそういった。伊賀衆と違って、甲賀衆のなかには、信長に仕えた者が何人もいる。おめみえのとき、奏者の役をしたのが、ほかならぬ長谷川竹丸だった。

「わたくしの名を出せば、悪くはせぬはずでございます。さしあたって、宇治田原の山口藤左衛門へ使者をやりましょう」

ともかくも、竹丸のことばにすがるほかはなかった。

そのころ、服部半蔵は、山城と近江の国境近くに足をふみ入れていた。供は甥の市郎右衛門ただひとりである。二十四の若さで討死した、半蔵の長兄、市平保俊の子だった。

上忍の半蔵は、ふだんは部下の中忍、下忍を手足のように使うことがほとんどで、みずから忍び働きをしたりはしないが、家康の生死にかかわるこんどばかりは、人まかせにはできなかった。

半蔵は風のように走った。息も乱さなかった。ともすれば、若い市郎右衛門の方がおくれがちだった。走りながら市郎右衛門が、忍び声で問いかける。

「叔父御、甲賀ではだれに会う」

「信楽（しがらき）の多羅尾じゃ」

「ばかな。多羅尾は伊賀衆の怨敵ですぞ」

甲賀には上忍はおらず、甲賀五十一家と呼ばれる中忍が力を持っていた。多羅尾とは、その甲賀五十一家のなかでも名を知られた、多羅尾四郎右衛門光俊のことである。前名は四郎兵衛と称した。

信楽三千八百石を領しているが、去年の伊賀の乱に際しては、堀秀政とともに、多羅尾口から伊賀に攻め入った。市郎右衛門がいうのはそのことだ。

「仕方があるまい。伊賀を攻めねば、多羅尾が織田方にふみにじられただろう。それに多羅尾は、伊賀衆を殺してはおらぬ」

「だが、多羅尾の力を借れば、ほかの伊賀者が腹を立てよう」

「なんの、おれがすることじゃ。有無はいわさぬ」

なんの邪魔も受けず、すでに信楽の入り口朝宮にかかっていた。

「おれは多羅尾と会う。おぬしは、御斎峠で狼煙を上げよ」

「承知」

市郎右衛門は右手の草むらに消えた。

御斎峠は、伊賀と甲賀の郡境にあって、音聞峠とも書く。ここに狼煙を上げれば、伊賀全土の者がそれを見る。

多羅尾四郎右衛門光俊の屋形は、信楽の小川村にある。小さな城を思わせる堂々たる構えだった。

市郎右衛門と別れて間もなく、半蔵は多羅尾屋敷の奥座敷にすわっていた。

四

「お待ちしており申した」

半蔵の目の前に、七十近い柔和な顔の老人があぐらをかいている。屋形のあるじ、多羅尾四郎右衛門光俊だった。

待っていたということばに、ほっとしながら半蔵は両手をついた。

「ご老人、服部半蔵、折入って……」

それをみなまで聞かず、

「あとは申されるな。多羅尾の一族はじめ甲賀の面々、家康公には恩義がある」

十年以上も前、信長が近江の名族佐々木義賢を攻めたとき、甲賀衆は佐々木を助けて信長と戦ったが、佐々木勢は大敗、大将義賢は逃走した。信長は甲賀衆を憎み、甲賀の里に兵を出そうとした。そのとき、

「ご立腹とは存じますが、甲賀の者ども、生かしておけば、お役に立つおりもあるかと存じます」

とりなし、信長に甲賀攻めを思いとどまらせたのが家康なのである。それに、

これまでに家康には、多くの甲賀者が召し抱えられてもいる。

「そのご恩を忘れるわけにはいかぬ。それにしても、さすがは服部家のご当主半蔵どの、今日の忍び走り見事でござったな」

「では、やはり……」

「お気づきでござったか」

「ここまでたどりつく途中、二、三度、忍びの者の草むらにひそむ気配を、たしかに感じました」

多羅尾四右衛門は、手だれの下忍数名に網を張らせていた。

「家康公は甲賀で守る。すきがあれば、かまわず半蔵を討て」

とも命じた。だが、半蔵には、みじんのすきもなかった。下忍どもは、

「手も足も出ませんでした」

と面目なげに報告した。

「すきを見せるような半蔵どのなら、家康公のため、生かしておいてもせんないと存じてな」

半蔵は顔色を変えた。とっさに、御斎峠に向かった市郎右衛門を気づかったのだ。四郎右衛門が笑った。

「ご安心なされよ。おてまえを生かしておいて、市郎右衛門どのを殺めるはずがない。いまごろはすでに、生き残りの伊賀衆が、御斎峠の狼煙に気づいており申そう」

それに、家康の一行も、間もなく宇治田原に着く。

「せがれが、お迎えの支度をととのえているはずでござる」

四郎右衛門の五男藤左衛門光広は、織田信長に使えて、宇治田原の城を預かっている山口甚助長政の養子になっていた。

また四郎右衛門自身も先年、信長に召し出されたおめみえのおり、なにかとはからってくれたのが、こんど家康を堺に案内した長谷川竹丸だった。

「この四郎右衛門、家康公にも恩義がある。お竹どのにも恩がある」

決して粗略にはいたさぬと、四郎右衛門はいい添えた。

「なお、てまえも、久右衛門なり久八郎なりを、朝宮まで、お出迎えにいかせるつもりでおり申す」

久右衛門光太は、多羅尾家の当主で四郎右衛門の二男、久八郎光雅は三男だった。

「かたじけのうござる。では、あとの用もござれば」

「柘植へ行かれるのか」

四郎右衛門はそこも見通していた。

「では、ご免」

半蔵は身をひるがえした。だが、柘植まで行く必要はなかった。

多羅尾の屋形のある小川から東へ半里で神山、神山からさらに東へ一里半ほどいったところが丸柱だった。ここはもう伊賀のうちで柘植の三里ほど手前にあたる。

半蔵がその丸柱にさしかかったとき、木かげに人の気配がして、年のころ四十二、三と見える男が顔を出した。

「おお、三之丞」

柘植の住人、柘植三之丞だった。三之丞は中忍の一人だが、数年前に、兄の市助とともに三河におもむいて、家康に目通りしたことがある。

そのおり、半蔵とも会った。

「人数は集まりそうか」

「みな狼煙を見ました。二百名ほどなら、すぐ集まるかと存じます」

「ならば十分じゃ。伊勢へはいる際は、おそらく加太越えとなろう。そのことも考えておいてもらいたい」

「かしこまりました」

「それにしても、二百名も生き残っていたとはなあ……」

半蔵は感無量だった。去年の伊賀の乱で、伊賀衆は壊滅した。服部家と並んで、上忍三家に数えられた藤林長門守や百地丹波さえ、死んだと見られている。かろうじて生き残った者も、大半は伊賀を捨て、他国へ流亡したはずだった。

忍びとはまったくかかわりのない、農民をよそおって、伊賀にとどまったとしても、せいぜい三十名足らずではないか。半蔵はそう思っていた。

三十名でも助かる。伊賀者の三十名は、どうひかえめに見つもっても、いざとなれば並の侍百名分の働きはできる。

「せめて三十名は集まってくれ……」

祈るような思いの半蔵だったが、なんと二百名も集まるという。

「てまえも、一度は他国へ逃げ申した」

「つらい思いをしたろうの」

「なんの。つらいうちにはいり申さぬ。伊賀の乱で死んだ者にくらべれば……」

三之丞の目がみるみるうるんだ。

五

家康の一行は、午後二時過ぎ、宇治田原に着いた。必死の強行軍だった。堺からは、およそ十二、三里はある。

ふつうなら、まだ半分も歩いてはいまい。堺見物に出かけて、身軽な平服だったことも幸いした。その衣服も、水びたしになったように汗でぬれていた。

「命がけとはおそろしいの」

しみじみと家康が述懐した。

宇治田原では、山口藤左衛門光広が、城外に迎え、ていねいに一行を城に招き入れた。光広はまだ二十歳の若者だった。

少年のころ、三井の勧学院に学んだが、あるとき、勧学院にもうでた信長が、利発そうな光広に目をとめて名を聞いた。

「多羅尾四郎右衛門の五男主膳光孝にございます」

大きくうなずいた信長は、即座に、

「宇治田原の城主、山口甚助長政には男の子がおらぬ。そちが養子に行け」

と命じた。

藤左衛門光広と名を改めたのは、長政の養子となってからである。光広の妻は、むろん養父甚助長政の娘だった。

「お竹さまには、わたくしも多羅尾の父も、かねてお世話になっておりました」

長谷川竹丸のことばどおり、光広は家康一行を喜んで迎え、

「追手は一歩も領内に入れぬよう、手配りしてございます。ゆるりとご休息の上、信楽へお向いなされませ」

手厚くもてなした。

信楽の小川村は、宇治田原の東六里ほどのところにある。宇治田原は山城国、信楽は近江国である。

家康の一行は、暗くなってから、小川村の多羅尾屋形に着いた。小川の二里手前、山城との国境に近い朝宮までは、二十八歳になる久八郎光雅が迎えに出ていた。

屋形の門前には、隠居の四郎右衛門と、当主の久右衛門光太が出迎えて、

「てまえどもは、長屋に移りますれば、今夜はごゆるりと、屋形にお泊り遊ばしませ」

と申し出た。

家康はすぐに門内に入ろうとする。

「お待ちください」

供の一人があわててとめた。

「門外に野営つかまつりましょう」

といい出す者もある。

多羅尾四郎右衛門は信長の家臣だが、明智光秀に通じていないとはかぎらない。たとえせがれの藤左衛門光広が、宇治田原で手厚く家康を遇したからといって、父の四郎右衛門も同様だとはいえない。

父と子、兄と弟でさえ、時としては裏切り合う時世である。

「なにをしりごみなさる。味方は小人数、多羅尾どのに害心があれば、野営したとて助からぬ、どうせ助からぬなら、いさぎよく屋形にはいるべきでございます」

若い本多平八郎忠勝が大声をあげた。

「平八郎、ようこそいうた。多羅尾どの、家来どもも生死の瀬戸ぎわとて気が立っているようじゃ。貴殿をお疑い申すような、ただいまの雑言、ひらにお許しあれ」

いんぎんに詫びて、家康は門内にはいり、長谷川竹丸がそれにつづいた。

「この久八郎を人質にとられませ」

久八郎光雅が、門外にいる家康の家臣たちの前に進み出た。

家康や竹丸のほかに、酒井忠次、石川数正など、おもだった数名が屋形にはいると、いったん門がとざされた。

「すわこそ」

一同が塀ぎわに走り寄って、邸内の様子をさぐろうと耳をすませる。

「心配はご無用」

聞きなれた声に、人々がはっと顔を上げると、塀の屋根の上に、いつきたのか、服部半蔵が立っていた。

しばらくたったころ、ふたたび門がひらかれて、つぎつぎに赤飯や、熱い汁が運ばれてきた。

一同の顔に、やっと生色がもどった。

その夜、家康は、屋形の奥で泥のように眠った。夜明けがた、ふっと目をさますと、人の気配がする。

「だれじゃ」

「半蔵でございます」

ふすまぎわから声がした。

「ようおやすみでございましたな」

「ずっとそこにいたのか」

「御意」

するすると家康に近づいてきて、

「穴山梅雪どのの一行、草内のあたりで、土民に襲われ、みな殺しにされたらしゅうございます」

と告げた。市郎右衛門の報告だった。

家康の一行と別れて、わざとおくれたのが命とりとなったものらしい。

「人の生死は紙一重だな」

家康は、わずかに蒼ざめた。

「つつがなく三河へお帰りのほど、心より祈り上げます」

朝になって、家康の一行は、多羅尾屋形をあとにした。これからは、けわしい山路にかかる。家康は山駕籠に乗り、駕籠脇には半蔵が寄り添った。

酒井忠次以下の家臣たちのほかに、久右衛門光太、久八郎光雅ら、百名あまりの甲賀衆も供に加わった。国境の御斎峠には、柘植三之丞をはじめとする伊賀衆が、二百名近く待ち受けていた。

「さすがは伊賀衆よな」

伊賀の乱で壊滅状態に陥っていながら、御斎峠の狼煙ひとつで、なおこれだけの人数が集まってくるかと、伊賀衆の組織力に、家康はあらためて舌を巻いた。

ほかにも、勢多の山岡景隆、景佐兄弟、高槻城主和田惟政の弟で、兄の討死後は、浪々の身だった和田八郎なども、家康護衛にはせつけた。

また伊賀出身で、信長に仕えて京都留守居をつとめた服部平太夫は、いち早く本能寺の異変を知らせ、伊賀越えにあたっては、家康に蓑と笠を献上したところから、後に、

「以後、蓑笠之助と名乗れ」

と命ぜられている。

これらの人々のうち、山岡兄弟は、御斎峠から引き返した。光秀に備え、勢多城を守るためだった。

六

二百名の伊賀衆や、多羅尾久右衛門、久八郎以下の甲賀衆に守られた家康の一行は、丸柱、柘植をへて、伊勢国にはいり、加太越えの嶮を突破した。

加太で一泊したという説もある。

伊賀衆のうち、柘植三之丞を始め、柘植在住の数名は上柘植までで引き返し、加太越えには加わらなかった。これは、柘植の者と加太の者は、かねてから仲が悪く、争いごとをくり返していたからだった。

「わたくしどもがお供を申しては、上様にまで危難の及ぶおそれがございます」

そのかわりとして三之丞は、一族の米地(こめち)九左衛門という若者を、道案内役として差し出した。

「この者は心きいてもおり、加太の者に顔を見知られてもおらず、伊勢の山路については鹿の通い路までのみこんでおります」

三之丞はそういった。

家康の一行は、四日夕方、白子に着き、ここで伊賀、甲賀衆に別れると、伊勢の商人、角屋七郎次郎のととのえてくれた船で海を渡り、三河の大浜に上陸、松平家忠らに迎えられて、深夜、岡崎城にたどりついた。

こうして家康は、九死に一生を得た。

家康は、護衛にあたってくれた伊賀衆、甲賀衆を、後日、あらためて召し抱えた。このうち、多羅尾一族、柘植三之丞、米地九左衛門は特に旗本に取り立てられている。

伊賀衆は服部半蔵に預けられた。これが伊賀同心のはじまりとされる。

伊賀衆二百名のうち、百八十九名までは、『朝野旧聞裒稿（ちょうやきゅうぶんほう）』所収の「伊賀者由緒書」によって、姓名が明らかにされているが、それには、柘植三之丞が筆頭にかかげられ、そのほかに、半蔵の従弟富田弥兵衛、富次郎兄弟、同じく半蔵の従弟山中覚兵衛らの名前がある。

天正十八年、家康は江戸に入府した。

江戸城二十六門の一つ半蔵門は、服部半蔵の名にちなんだものという。

服部半蔵正成は後日、石見守を称し、禄八千石を頂戴した。こうなれば、単なる忍者の頭目ではない。押しも押されぬ、徳川の重臣の一人であった。

慶長元年（一五九六）十一月、五十五年の生涯をとじている。法名西念。麹町の安養寺に葬られた。この寺は、非業の死をとげた岡崎三郎信康のために、半蔵が建立したものである。後に半蔵の法名をとって、寺号を西念寺と改めている。

〈参考文献〉　奥瀬平七郎著『忍術—その歴史と忍者』（人物往来社版）他

馬上の局

火坂雅志

火坂雅志（ひさか・まさし）

1956年、新潟県生まれ。早稲田大学卒業後、出版社勤務を経て1988年に『花月秘拳行』で作家デビュー。2007年に上杉景勝の家臣、直江兼続の生涯を描いた『天地人』で第13回中山義秀文学賞を受賞し、2009年にNHK大河ドラマの原作となる。代表作に『覇商の門』『黒衣の宰相』など。2015年逝去。

一

濃尾平野は、暁闇のうちから濃い霧につつまれていた。

乳色の重い霧である。その霧のなかでは、敵味方のへだてなく、兵たちは水底のような静謐のうちに身を浸すしかない。

やがて、東の空からのぼった朝陽が霧を拭いだすと、黒鹿毛の駿馬にうちまたがった一人の武者の姿が、露がきらめく野に幻のように浮かび上がってきた。

武者といっても、男ではない。

女である。

やや太り肉の豊満な体に色々縅の甲冑を凛々しくまとった、妙齢の美女だった。

「いにしえの巴御前じゃな」

「勇ましき出で立ちをしておっても、ほれ見ろ、あの尻。色香がこぼれるようじゃの」

「あれで、二人の子持ちというぞ」

尾張小牧山に陣した徳川勢の兵たちは、戦場にあってひときわ目立つ女武者を遠目に眺めて、賛嘆のため息まじりにつぶやいた。

天正十二年（一五八四）、羽柴（豊臣）秀吉と徳川家康が天下の覇権をかけて相まみえた、いわゆる、

――小牧・長久手の戦い

の陣中である。

この春から対陣をはじめて、かれこれ一月近くになる。羽柴軍三万、徳川家康、織田信雄連合軍一万六千の軍勢が、濃尾平野一帯に展開しているが、戦況はほとんど動いていない。

たがいに肚を探り合いながら、みずからは仕掛けず、相手の出方をうかがって対峙しつづけているのである。

野陣が長引くにつれ、小牧山に陣取った徳川勢も、そこから二里離れた楽田の地に布陣する羽柴勢も、しだいに緊張感がうすれ、兵たちのあいだに澱んだ空気が生じはじめていた。

そうしたなか、女武者は味方である徳川方の兵を鼓舞するように、毎朝、馬に乗って颯爽とあらわれた。

俄然、男たちは、

「われわれもやらねば」

と、背筋に鉄の芯でもたたき込まれたように奮い立った。

それもそのはずであろう。

女は名を、

——阿茶（あちゃ）

という。

三河、遠江（とおとうみ）、駿河（するが）、甲斐、信濃、五ヶ国を領する徳川家康の側室の一人である。

羽柴秀吉との雌雄を決する戦いの場に伴うほど、寵愛いちじるしい女といっていい。

その家康の愛妾が、敵の矢弾に狙われる危険もかえりみず、みずから馬にまたがって陣中をめぐり歩くのである。兵たちの士気はいやがうえにも高まった。

阿茶の行動は、べつだん家康が命じたわけではない。

彼女自身が、

「およばずながら、殿のお役に立たせて下さいませ。おなごのわたくしが先頭に立てば、みなも忠義の心が呼びさまされるはずでございます」

と、家康に請い願ったものだった。

このとき、家康は四十三歳。脂の乗り切った男ざかりである。

「そなたの助けなど借りずとも、いくさはできるわ」

戦場灼(や)けした精悍な顔をしかめて制止したが、阿茶は聞き入れなかった。

やむなく、家康はみずからの家臣団中、随一の剛将といわれる本多忠勝に命じ、阿茶がゆく半町あとを、精鋭五十騎とともにひそかに護衛させた。

ともあれ、戦場に立つ阿茶の姿はそれだけで一幅の絵になった。

開戦の翌月四月九日——。

両軍のあいだで初めて戦闘らしい戦闘があった。

秀吉の甥の三好秀次(みよしひでつぐ)が、羽柴方有力武将の池田恒興(つねおき)、森長可(ながよし)らの軍勢とともに、家康が留守にしている三河岡崎城を衝(つ)くべく出陣。徳川方を混乱に陥れる作戦に出た。

羽柴方のこの動きを、家康は諜者からの情報によっていち早く察知。

——長久手

の地で待ち伏せをし、秀次の部隊を急襲した。

この局地戦で、池田恒興、森長可が戦死、秀次はほうほうのていで陣へ逃げ帰っている。家康、会心の勝利といっていい。

以後は両軍とも慎重になり、濃尾平野で睨みあったまま、直接対決を避けるようになった。

五月になり、羽柴方総大将の秀吉は、大坂へ引き揚げている。ただし、尾張おもての兵は増強し、諸大名にもさらなる動員をかけて、最終的に十万の兵を対家康戦のために繰り出した。

尾張の野に、じりじりと焼けつくような日差しが照りつける夏が過ぎ、やがて季節は初秋へと移り変わった。

そのころ、徳川方の陣中にひとつの変化があった。

同盟を結び、ともに反秀吉の勢力を形成していた織田信雄が、突如、羽柴方の和睦の申し出を受け入れ、前線から兵を撤退させたのである。

家康にとっては寝耳に水の話だった。

家康は、故織田信長の二男である信雄を助けるという名目で、尾張に出兵している。その当事者である信雄が、おのれに無断で秀吉と手打ちをした。のぼっていた梯子をはずされたようなものである。

「おのれ……。苦労知らずの若殿は、これだから信用ならぬ」

平素、感情の起伏をあまりおもてに出さない家康も、この裏切りにはさすがに怒りをあらわにした。

家臣団の血の気の多い者どものなかには、

「われらは長久手のいくさで羽柴勢に勝っております。このまま兵を引くなどもってのほか。われらだけでも秀吉と一戦つかまつりましょうぞ」

と息巻き、早期の決戦を主張する者まであらわれた。

しかし、家康は秀吉との全面対決が、けっして自分にとって有利には働かないことを承知している。

この時点で、羽柴勢はさらに増えては十万。数のうえで劣勢に立たされているばかりか、よしんば勝利をおさめたとしても、自軍の多大な消耗はまぬがれない。

（ここは、振り上げた拳を下ろすしかないのではあるまいか……）

家康は決戦回避を決意したが、悩みのタネは、強硬派の家臣たちをいかに納得させるかであった。

苦慮していた矢先、長陣に倦み、功を焦った一部の将兵が、家康の命を待たずに、楽田の羽柴陣へ急襲をかけるという知らせが飛び込んできた。

「痴れ者めがッ！　それでは敵の思う壺じゃ。誰か、彼奴らを止めよッ！」

武勇第一の本多忠勝らが馬を駆って暁闇の野に走ったが、その到着より早く、強硬派の兵たちの前に立ちはだかったのは、色々縅の甲冑に身をかためた阿茶であった。

脇に笹穂（ささほ）の槍をたばさんだ阿茶は、黒鹿毛の馬でかつかつと輪乗りをかけ、

「殿のお許しもなく出撃するとは、何たることぞッ。そなたらのおこないは、不忠のきわみにほかならず。どうしても行くと申すなら、この阿茶の屍（しかばね）を乗り越えてまいるがよい」

あたりに凜々と響く声で、跳ね返りの兵たちを一喝（いっかつ）した。

何といっても、馬上の女は主君の寵愛深い側室である。そのひとことで、頭に血がのぼった男たちは我に返った。

「お許し下されませ、阿茶さま」

「わかればそれでよい」

そそけだった顔の兵たちを見下ろして、艶然と笑ったとき、黒鹿毛の上の阿茶の体がぐらりと揺れた。

「阿茶さまッ！」

「いかがなされました」

にわかに意識が暗くなってゆく阿茶の耳に、男たちの騒然とした叫びが遠く聞

こえた。

二

阿茶は、まことの名を須和という。

生まれは甲斐国。武田信玄の家臣、飯田久左衛門直政の娘で、長じてのち、石和にある春日神社の神職、神尾孫兵衛忠重のもとへ嫁いだ。

戦国最強をうたわれる騎馬軍団で知られた武田家には、馬術にひいでた者が多いが、阿茶の父久左衛門も例に洩れず、その道の達人であった。しぜん、阿茶も幼いころから馬と馴れ親しみ、あたりの野を自由に遠駆けするなどして育った。

男まさりの阿茶は、馬術だけでなく、薙刀術、棒術などもみずからすすんで身につけ、そのいずれもが、

「この娘が男子ならば」

と、父久左衛門の目を瞠らせるほどの域に達した。

そんな阿茶にとって、夫となった神尾孫兵衛は、気立てが温和なだけが取り柄の、やや物足りない男だった。

嫁いで数年のうちに、阿茶は夫孫兵衛とのあいだに、

猪之介

お岩

という、一男一女をもうけた。

乱世の男としては覇気のない夫にもの足りなさはあるものの、まずまず、世間なみの夫婦仲といっていい。

ところが、阿茶が二十三歳のとき、生来病弱であった孫兵衛が、ふとした風邪をこじらせたことがもとで、あっけなく他界してしまう。あとには四歳の猪之介と、まだ乳飲み子のお岩が残された。

若い寡婦となった阿茶は、実家の飯田家に出戻った。だが、烈しく移り変わる戦国の世は、阿茶とその子らに静かな暮らしを送ることを許さない。

主家の武田家は、信玄の跡を継いだ子の勝頼の代になっていた。しかし、新興の織田信長、徳川家康連合軍の前に長篠合戦で敗北を喫して以降、家運は坂を転げ落ちるように衰退。天正十年春、織田、徳川軍の侵攻を受け、名門武田氏は滅亡した。

阿茶の父久左衛門も、戦乱のなかで討ち死にしている。二人の幼子を抱えた阿

茶は、山中へ逃れ、やがて亡父の旧知の者を頼って、下部ノ湯の奥にある湯之奥金山へと落ちのびた。

武田家滅亡後の甲斐には、信長の臣河尻秀隆が入って領主となった。

武田旧臣の娘である阿茶は、困窮のなか、人目を避け、息を殺すようにして日々を送った。

だが、武田を屠ってさらに勢力をのばし、日の出の勢いと思われた信長の栄華も長くはつづかない。

信長は、みずからの重臣明智光秀の謀叛——いわゆる本能寺の変によってあっけない最期を遂げ、甲斐を領していた河尻秀隆も、一揆勢に殺害された。

（甲斐国は、この先、どのようになるのであろう……）

阿茶にとっては、生きるか死ぬかの問題である。

情報の少ない湯之奥金山をあとにして、下部ノ湯まで出てきた阿茶の耳に聞こえてきたのは、本能寺の変の混乱に乗じ、甲斐、信濃を攻め取ってしまった徳川家康の噂だった。

家康といえば、信長とともに武田家を滅ぼした仇敵のひとりではないか。

（そのような男が、この甲斐を掠め取ったか……）

阿茶の家康に対する印象は、さほど良いものではない。

ともあれ、阿茶は二人の子とともに食っていかねばならない。武田旧臣のなかには、新領主となった家康に召し抱えられた者も多く、阿茶は父のかつての家臣たちのうちで、いち早く徳川家にわたりをつけ、いまでは下部の代官の用人となっている窪田(くぼた)源左衛門(げんざえもん)という男を頼ることにした。

ところが、阿茶の身を、さらなる悲劇が襲う。窪田は心根の卑しい男で、わずかな金欲しさに阿茶の身を人買いに売り渡したのである。

このころ、東国では、いくさの混乱にまぎれての人買いが横行していた。合戦に敗れた側の女子供は、たとえ高い身分であっても、ひとたび人買いの手に落ちればただの商品になり下がる。

子らとも引き離されそうになったが、

「それだけはならぬ。もし、無体なまねをするならば、この場で舌を噛み切って自害するが、それでもよいか」

阿茶は頑強に抵抗し、母子別れ別れになることだけはどうにかまぬがれた。

人買いにしても、大事な商品に死なれてしまっては元も子もない。

「チッ、仕様(しよう)がねえ。なかなかの上玉だから、遊郭にでも売り飛ばそうと思っていたが、子連れじゃあ、陸奥あたりの名主の下働きにでも売り出すよりほかかねえか」

上方の遊女屋に買い手がついたという若い娘たちとは別にされ、阿茶は売り物としては値の落ちる年のいった者たちと十把一絡げにされ、陸奥へ売られることになった。

（武士の娘に生まれた身が、なにゆえかような目に……）

惨めだった。

二人の子を連れて何度か逃げようとしたが、そのたびに人買いがやとった傭兵に連れ戻された。

陸奥へおもむくべく、人買いの一行が旅立ったのは、甲府盆地に笹子颪が吹きすさぶころのことである。

甲州街道一の難所といわれる笹子峠を越えて、東へ向かえば、そこは小田原北条氏が領する関東である。

（もはや二度と、生きて甲斐へは戻れないのか……）

子供たちの小さな手を握り、悲壮な覚悟をかためたとき、阿茶の身に大きな幸運がおとずれた。

峠を見張っていた徳川の軍勢が、不審なようすの一行を見とがめたのである。飢饉、合戦のさいの慣行としておこなわれているとはいえ、人買いは合法ではない。ましてや、新領主となった徳川家康は、領内の治安回復につとめている最中である。

人買いの男は有無を言わさず捕えられ、阿茶らの身柄は危ういところで解放されることとなった。

だが、そのまますぐに解き放たれたわけではない。阿茶は子供たちとともに、塩山へ連れて行かれた。

そこには、紺糸縅の甲冑を着た武者が待っていた。

「お屋形さまが、そなたの話を聞きたいと仰せられている」

名も知らぬ、恐ろしげな形相をした武者がそう告げた。のちに、阿茶はその男が、徳川の重臣のひとり、大久保忠隣であることを知る。

「お屋形さまとは……」

阿茶は美しい眉をひそめた。

「われらが殿、家康さまじゃ。そなた、武田家臣の飯田久左衛門の娘とやら申しておったな」

「はい」

「高天神（たかてんじん）城攻防戦のおりの、そなたの父の勇猛果敢な働き、われらが殿が記憶にとどめておられたらしい。あの久左衛門の息女なれば、ぜひとも会いたいとの仰せだ」

「会って、どうなさるおつもりなのでしょう」

「知らぬ」

武者がそっけなく言った。

阿茶は家康がいるという甲斐府中へ送られ、まだ真新しい新築の木の匂いがする仮館で対面の運びとなった。

その日のことを、阿茶はありありと覚えている。

白いサザンカの咲く庭に、大きな肉厚の背中をした首の太い男が立っていた。

男は阿茶に背を向けたまま、

「苦労したな」

と、言った。

武田家を滅ぼし、父を死に追いやった男のそれとは思えない、いたわりに満ちた温かみのある声だった。

「わしも子供のころ、人に売られたことがある」

　家康が言った。

「あなたさまも……」

　阿茶は思わず問い返していた。

「わしは幼き日、尾張織田家に人質に出されたことがあってな。まことは駿河の今川家に行くはずであったが、途中、田原なる湊（みなと）でかどわかしに遭うた。銭千貫文で、尾張の織田信秀に売られたのよ」

「それは、まことでございますか」

「作り話を申して何になる」

　大きな背中が笑った。

「なにゆえ、さような話をわたくしになさいます」

「そなたの身の上を聞き、他人事（ひとごと）とは思えなんだ」

「憐れんでおられるのでございますか」

「そうではない」

　ゆっくりと、家康が振り返った。

　お世辞にも美男とはいえない。だが、情にあふれ、見る者を包み込まずにおかぬような大きさを持った男の貌（かお）がそこにはあった。

「さような酷（むご）い目にあっても、そなたは体を張って子らを守ろうとしたそうじゃな」

「それは……。あの子らには、このわたくしよりほか頼る者がないのでございますもの」

「わしも同じじゃ」

家康は深くうなずいた。

「おのが領民、家臣どもを守るためなら、わしは身を捨てても悔いなき覚悟でことにあたっている。そなたの心意気やよし。おなごながら、ひとかどの武者と変わらぬ」

つかつかと歩み寄った家康の巨きな手が、やや震えを帯びていた阿茶の手を温かく包んだ。

その手の甲に、ぽたりと一滴の冷たいものが落ちてきた。

はっとして目を上げると、家康の大きな金壺眼（かなつぼまなこ）が涙で濡れていた。

（ああ、このお方は……）

この男に一生ついてゆこう――阿茶が心に決めたのは、まさにその瞬間（とき）であったかもしれない。

阿茶が家康の側室となったのは、それからほどなくのことであった。

三

徳川家康の女の好みは、きわだった特徴がある。

高貴な女と枕を共にすることを至上の悦びと考えていた秀吉と違い、家康は身分を鼻にかける女が嫌いであった。

それは、かつて今川家での人質時代に、今川一門の関口家から正室の築山殿(つきやまどの)を迎えたことと無縁ではないであろう。名門意識の強い築山殿と家康の仲は終始うまくいかず、いわゆる、

――築山殿事件

で、妻を処断せざるを得なくなった遠因ともなっている。

家康は、土の匂いのしそうな、掘り起こしたばかりの大根のような、みずみずしく生命力にあふれた女が好きだった。

家康という男は、根っからの現実主義者である。それゆえ、女の氏素性にはこ

だわらない。顔かたちも、さほど気にしない。女が初婚であるかどうかも、さほど気にかけなかった。

じっさい、家康の愛妾のなかには、阿茶をはじめとして、西郷（さいごう）ノ局、お茶阿（ちゃあ）ノ方、お仙ノ方、お亀ノ方など、夫をなくした未亡人が多い。

そのため、家康は、

——後家好み

と、いわれている。

健康な肉体を持ち、丈夫な子を生める女であればそれでよい。女人を飾り物としてあがめたてまつるのではなく、自分にとって役に立つ女だけを側（そば）に置く。それが、家康の女性観であった。

その点、阿茶は家康の好みに合っていた。不幸にもめげず、運命に立ち向かっていく強さを持ち合わせているだけでなく、頭がよく、男を立てるすべを知っている。何を聞いても、打てば響くように応え、それでいて少しも出過ぎたところがなかった。

「そなたの前では、気兼ねなく放屁もできるわ」

家康は阿茶の肉付きのいい膝を枕にして寝そべりながら、冗談まじりによく言った。

なるほど、阿茶は家康にとって、多くの愛妾たちのなかでもっとも気の置けぬ女であるかもしれない。

しかし、それは、阿茶が考えに考え、家康にそう思わせるように仕向けているからでもあった。

（殿にお仕えするおなごは数多い。私はそのなかで、どうすれば生き残っていけるのか……）

通りいっぺんの女として、寵が醒めたらすぐに捨てられるのは嫌である。ほかの側室たちと同じになりたくない。

家康の心をしっかりとつかみ、

「阿茶でのうてはのう」

と言わせるためには、余の女には真似のできない行動をとることが必要であった。

側室となってから、阿茶は戦場へ向かう家康のかたわらに甲冑を着て付き従うようになった。

百戦錬磨の家康とはいえ、前線ではときに、判断に迷い、気弱になることもある。だが、万軍をひきいる大将として、そのような姿を家臣たちに見せるわけにはいかない。

そんなとき、阿茶はつねに傍(かたわら)にいて、家康を励まし、慰め、自信を持たせ、奮い立たせた。

この天下の覇権を決するといっていい、小牧・長久手のいくさにおいても、

「そなたはわしの、吉運の神じゃ」

家康は阿茶を戦場へともなった。

阿茶もまた、

「殿を天下人に」

と、意気込んで、兵たちを鼓舞するために陣中を馬で駈けめぐった。

だが——。

その意気込みが、思わぬ不幸を呼ぶことになった。

黒鹿毛から落馬した阿茶が目覚めたとき、枕元には沈鬱(ちんうつ)な表情をした家康がすわっていた。

「そなた、身籠っておったそうじゃな」

「三月(みつき)にござりました」

「それをわかっていて、なにゆえあのような無茶をした。赤子(やや)は流れたぞ」

「……」

「阿茶」

「わが身をお救い下された殿のため、わたくしができることと申せば、あれくらいしかございませなんだ」

「そなた……」

「お許し下さい」

「許すも許さぬもない。そなたというおなごは……」

家康が阿茶の手を強く握った。

男の体温が、じんわりと指先につたわってきた。

「身をいとえ、阿茶」

「いくさは、いかが相なりましたか」

愛する男の子供を流産したのは悲しいが、阿茶が真っ先に気にかけたのはそのことだった。

「大義名分であった織田信雄が兵を引いたのでは、やむを得ぬ。秀吉と和議を結ぶことにしたわ」

「和議など、断じてなりませぬ。それでは、秀吉に和議を都合のいいように使われるだけ。殿は、天下をめざされているのではございませぬか」

「わしはまだあきらめたわけではない」

阿茶の手を握りながら、家康が言った。

その顔は、平素、阿茶がよく知っている、いたわり深く情のある男のそれではなく、凛として近づきがたい、ひとりの政治家のそれに変わっていた。

「見ておれ、阿茶。大事な赤子を犠牲にしてまでのそなたの奉公、この家康、けっして無駄にはせぬ」

みずからの言葉どおり、家康は羽柴方と停戦し、講和のあかしとして、秀吉の妹旭姫(あさひひめ)を正室に迎えた。天正十四年五月のことである。

さらに同じ年の十月、家康は上方へのぼり、天下人の座をたしかなものとした羽柴あらため豊臣秀吉に臣下の礼を取ることになる。

世には、平穏がおとずれた。

だが、流産がたたってか、阿茶はあれ以来、子の生めぬ体になっていた。女として、これほど辛いことはない。

側室としても、家康の実子をもうけることのできぬ立場は不安定である。家康のまわりには、盛りを過ぎた阿茶でなくとも、ほかに若く健康な女はいくらでもいる。

（いっそ、お暇をいただこうか……）

とまで思いつめた。

思っただけでなく、阿茶は機会をみて、みずから家康にそのことを申し出た。

「暇を取りたいと？」

家康がぎょろりと大きな目を剝いた。

「はい」

「理由を申してみよ」

「子をなせぬ以上、わたくしは殿にとって役に立たぬ女にございます。お側を去らせて下さいませ」

下唇を嚙み、阿茶は男の前に頭を下げた。

「そなた、何か心得違いをしておるようだな」

「心得違い……」

「ただ子をなすだけが、おなごの役目と思うてか」

「は……」

と、阿茶は顔を上げた。

「そなたは女ながら、男以上に胆力がある。そこらの男どもよりも、武士（もののふ）の血が濃く流れておる。わしはただの女としてではなく、ひとりの人間として、そなたを信頼しておる。暇を取りたいなどと、間違っても申してはならぬぞ」

「殿」

「ともに天下をめざそうぞ」

家康の言葉が、どこまで本気であったのかはわからない。

だが、そのとき阿茶は、惚れた男のなかに、中原（ちゅうげん）に虹をかけるようなひとつの大きな夢を逐（お）う同志を見た。

（どのような形でもよい。このお方に一生、ついてゆこう……）

阿茶と家康の関係が明確に変わったのは、このころからかもしれない。

まず、男と女ではなくなった。

閨（ねや）の相手に呼ばれることがなくなった代わりに、阿茶はつねに家康の側に仕え、家臣たちとの取次や、他の大名家への使者など、

——秘書官

としての役割を果たすようになった。

この時代、女が政治的な秘書官をつとめるのはめずらしいことではない。家康の政敵、秀吉のもとには孝蔵主（こうぞうす）という有能な筆頭上臈（じょうろう）がおり、豊臣家の奥向きの事務を取り仕切っている。

もとより、阿茶は頭のよい女である。

みずからの役目を呑み込み、諸大名との外交などに奔走した。

そうした阿茶を、家康は以前にも増して信頼するようになっていった。むしろ、生臭い関係でなくなったぶんだけ、ほかの側室たちの諍い（いさか）の仲裁や、家臣たちにも言えぬ悩みごとの相談にもあずかるようになった。

阿茶はまた、家康じきじきの命により、側室西郷ノ局が生んだ、
秀忠
忠吉（ただよし）

二人の男子の義母となった。

西郷ノ局は三河の地侍の娘で、家康初期の寵篤い側室であったが、天正十七年、病で世を去っている。

長男信康を築山殿事件でなくし、次男秀康を人質として豊臣家に差し出してい

る家康にとって、三男の秀忠は実質上の跡取りであった。

その世継ぎの養育をまかせるほど、家康は阿茶に絶大な信を置いていた。

四

「阿茶、どうやら天下が取れそうじゃぞ」

家康が声をひそめるようにして阿茶に言ったのは、小牧・長久手の合戦から十四年後、慶長三年（一五九八）の暑い夏のことである。

家康五十七歳。阿茶は四十四歳になっている。たがいに若くはない。髪には白いものが目立ちはじめていた。

「いかがなされたのでございます」

阿茶は古女房のように、馴れたしぐさで家康に朴の湯を差し出しながら言った。

「太閤が亡くなられた」

家康はつとめて冷静な表情をよそおっている。

この年、洛南醍醐寺で盛大な花見の宴を催したあと、天下人豊臣秀吉は体調を崩した。病の床についた秀吉は、起き上がることも難しくなり、

――死期が近いのではないか。

と、巷間でささやかれていた。

豊臣家を継ぐべき秀吉の子秀頼は、まだわずか六歳。秀吉はわが子の行くすえを案じ、家康をはじめとする五大老、石田三成以下の五奉行に誓紙を書かせ、

「秀頼のこと、くれぐれも頼みおく」

と、豊臣政権への忠節を誓わせた。

その秀吉が死んだ。

「世が動くぞ」

家康の顔は、緊張のためか、やや青ざめてさえ見える。しかし、瞳の底には野心的な炎が仄暗（ほのぐら）く揺れ、全身から勝負に打って出るときの脂ぎった男の凄みが滲（にじ）み出ていた。

これほど色気のある家康の顔を、阿茶はかつて目にしたことがない。

「お気の早いこと」

「早いということはあるまい。わしはこれまで、十分すぎるほど待った」

「さようにございますな」

「これからが、まことの正念場じゃ」

「わたくしにできることがございますか」

家康の熱気が乗り移り、阿茶の総身もいつしか粟立っている。

この男に、

（大望を遂げさせるためなら……）

燃えさかる炎のなかにも飛び込む覚悟でいる。

「天下取りの道はひとつだ」

朴の湯を呑み干し、家康は唇に残った水滴を手の甲でぬぐった。

「わしには三河時代から手足となって働いてきてくれた、譜代の家臣どもがおる。しかし、彼らの力のみをあてにしているようでは、天下は望めぬ」

「ほかにもお味方がいるということでございますね」

「完全な味方でなくともよい。少なくとも、敵にはまわらぬ幅広い層を、こちらに手なずけておくことだ」

「それでよろしいのでございますか」

「よい」

家康はややくすぶった顔をした。

「この世の中は、白と黒だけではない。いやむしろ、白と黒の入り混じった灰色のほうが多い。その立場を半ばする者たちに、好意を抱かせ、陣営に取り込んでおく。さすれば、おのずと天下は近づいてこよう」

家康の言うことは、阿茶にもわかるような気がした。

ようは、諸大名を切り崩すということであろう。建前上、豊臣政権に従っているが、大名たちの多くは、豊臣家譜代の臣というわけではない。秀吉子飼いの武将といわれる加藤清正や福島正則（まさのり）らにしても、五奉行筆頭として権力をほしいままにした石田三成を嫌い、けっして一枚岩とはいえなかった。

天下の大名の大半は、秀吉亡きあとの生き残りのため、どのように身を処すればよいかと迷っている。

その者たちを自陣営に引き込み、多数派を形成しようというのであろう。数は力である。生きるか死ぬかの瀬戸際になれば、人は忠義も忘れ、力のあるほうへなだれをうって従ってくる。

（人とは、そういうものだ……）

武田家の滅亡以来、数々の栄枯盛衰を目の当たりにしてきた阿茶には、家康同様、人の世の道理が哀しいまでに見えている。

さっそくその日から、家康は福島正則、蜂須賀家政（はちすかいえまさ）、伊達政宗ら、これはと目をつけ大名に使いを送り、縁組を持ちかけるなどして積極的な多数派工作をはじめた。

阿茶もまた、秀頼生母の淀殿と対立関係にある北政所のもとへの使者を命じられ、女ならではの、

——裏

からの切り崩しに参画した。

惚れた男のために、

（戦っている……）

という実感が、阿茶の背筋を心地よく痺れさせている。

秀吉の正室北政所は、夫亡きあと、落飾して高台院と称している。その後、大坂城の本丸を豊臣家の後継者となった秀頼と母の淀殿に明け渡し、西ノ丸に退去していた。

「そちが阿茶か」

尼姿の北政所が興味深そうに、阿茶の顔をしげしげと見た。かたわらには、女秘書官の孝蔵主が控えている。

「そちの噂、徳川内府どのからいろいろと聞いておりますぞ」

北政所が豊かな頬をゆるめておおらかに笑った。

「噂、と申されますと？」

阿茶は小首をかしげた。

「何でも、武者のごとく甲冑に身をかためて凛々しく馬に乗り、戦場を駈けめぐっておるそうな。たいしたおなごだと、内府どのが褒めそやしておられました」

「昔の話にございます」

「なんの。馬上の局、と呼ばれているとも聞く」

「馬上での暮らしが長くつづきましたゆえ、子が生めぬ体となりました」

「いたわしきこと」

北政所がため息をついた。

本心であろう。自身、秀吉とのあいだに子がなかっただけに、阿茶の身の上にも同情的である。

「以来、子を生むよりほかに、何かわたくしにできることはないかと、そればかりを考えてまいりました」

「そなた、内府どののことを、まことに思うておられるのだのう」

「お恥ずかしゅうございます」

阿茶は目を伏せた。

「わたくしも同じじゃ。淀のお方のように世継を残すことはできなんだが、故太閤さまのおんため、おのれにできるかぎりのことを尽くしてきたつもりです」

「高台院さま」

と、阿茶は膝をすすめた。

「高台院さまも、お辛い立場でございましょう。太閤殿下とともに築き上げた豊臣家を、あとからまいられた淀のお方さまに奪われるとは。ご同情申し上げまする」

阿茶が、淀殿に対する北政所の対抗意識を煽るように言うと、

「子が生せなかったのだから仕方がない。淀のお方に対する嫉妬も、わたくしにはない」

意外にもさっぱりと北政所が言った。

「そなたはどうだ。内府どのの、ほかの側室たちと同じ、ただの女の立場で張り合おうと思うてか」

「……」

「わたくしには、太閤さまの天下取りをささえてきたという誇りがある。おかげ

で、世は平らかに治まった。太閤さまがお亡くなりになったいま、もはや何ごとにも執着心はない」

「執着心はないと」

「さよう」

「まことにございますか」

阿茶の言葉に北政所がうなずいた。

「ならば、その平らかに治まった世を、ふたたび乱世に引きもどさぬよう、高台院さまの力をお貸し下さいませ」

阿茶は、家康が天下万民を治める大きな器量を持った武将であることを信じている。みずからも幼いころから辛い経験を重ね、人買いの手に落ちて陸奥へ売られそうになった阿茶のために、涙を流した男である。

その男の夢をかなえるため、阿茶は必死に北政所をかき口説いた。

そして、その裏表のない熱意ある言葉は、天下人の妻であった女人の心をしだいに揺り動かしはじめた。

五

徳川家康ひきいる東軍と、石田三成を首謀者とする西軍のあいだで、天下の勢力を二分する、

——関ヶ原合戦

が勃発したのは、慶長五年九月十五日のことである。

阿茶は上方から家康の本拠の江戸へ引き揚げ、固唾(かたず)を呑んで前線からの知らせを待っている。

家康にとって、必ずしも楽な戦いだったわけではない。

東軍八万九千に対し、西軍は八万二千。ほぼ互角の戦力といっていい。そのうえ西軍方は、鶴翼(かくよく)の陣をもって東軍を迎え撃つという万全の備えをしいていた。

合戦の火蓋は、まだ朝靄(あさもや)の立ち籠める早暁に切って落とされた。

開戦当初、両軍はたがいにゆずらず、一進一退の白熱した攻防戦が繰り広げられた。むしろ、東軍方が押され気味だったほどである。

多くの野戦(やせん)の場数を踏んできた家康も、さすがに焦りを隠せず、

「どうなっておるッ！」

床几（しょうぎ）から立ち上がり、声を荒らげた。

この戦況を一変させたのは、西軍方に属していた小早川秀秋（こばやかわひであき）の裏切りだった。

松尾山から駈け下り、奮戦する西軍諸将の側面を衝いた小早川勢の行動が、合戦の帰趨を決めた。

これによって、西軍方は総崩れとなり、石田三成は逃亡した。

東軍方の大勝利である。

「いや、小早川の小僧がなかなか動かぬときは、わしも腋の下に冷や汗が出たわ」

上方にのぼった阿茶と再会したとき、家康は真顔で言った。

「高台院を取り込み、甥の秀秋に東軍へ味方するようすすめさせたのは、そなたの働きだな。大手柄ぞ、阿茶」

「わたくしの働きなど、ささいなものでございます。それよりも、いよいよ殿の天下が……」

阿茶は感慨を込めた目で、家康を見つめた。

この時点で、大坂城に豊臣秀頼ありとはいえ、天下分け目の関ヶ原合戦に勝利した家康は、事実上、

――天下人の座を手中におさめたことになる。

「そなたと二人、手をたずさえて、ついにここまでのぼりつめてきたな」

阿茶の手を握りしめ、家康がしみじみと言った。

阿茶は嬉しかった。家康が天下人になったことがではない。家康が、――二人、手をたずさえて……と、自分の働きをみとめてくれたことが、ほかの何にもまして、素直に嬉しかったのである。

家康という男の運と力を信じてはいたが、こうして夢を成し遂げてみると、それはどこか空恐ろしくさえあった。

慶長八年、家康は朝廷から征夷大将軍に任じられ、江戸の地に念願の幕府を開いた。

「まだまだ、働いてもらわねばならぬぞ、阿茶」

家康はいまだ、阿茶の力を必要としている。

阿茶も、

（このお方を助けたい……）

という気持ちに変わりはなかったが、ひとつの大望の達成とともに、これまではつとめて目をそむけるようにしてきた、男の違う面も見えてきた。

阿茶の連れ子のお岩に、家康の手がついたのは、かなり以前のことであった。最初、家康はそのことを内密にしていたが、しだいに人の噂になり、やがてそれは阿茶の耳にも達した。

（しようのない……）

北政所ではないが、阿茶は子の生めぬ体になったときから、家康の女であることをあきらめている。

家康は艶福家で、壮年期を過ぎてからも、

お梶（かじ）

お奈津（なつ）

お六

と、孫のような若い側室たちを寵愛している。

かつては阿茶のごとき世間通の気の練れた女性が好みだったが、このころになると、無邪気で可憐な若い女に嗜好性が変化した。ようやく立場にも余裕ができ、頼み甲斐のある話し相手よりも、心を癒す愛玩の対象が欲しくなったのだろう。

お岩は若いころの阿茶にそっくりな目鼻立ちで、小づくりな口もとからのぞく八重歯がかわいい。

その事実を知っても、阿茶は家康に恨みを言うでもなく、平静をよそおった。

家康と自分は男と女を離れ、すでに、

――同志

といっていい関係にある。

いまさら娘に嫉妬しても、

(はじまらぬ……)

阿茶はもっと大局的な目で、家康とみずからのかかわりを捉えようとした。そうでなければ、ここまで自分をささえてきた矜持(きょうじ)がゆるさない。

しかし、さすがにお岩が家康の子を身籠ったと聞いたときは、抑えていた感情が爆発した。

「あんまりでございます」

阿茶はめずらしく語気を強めて家康に詰め寄った。

「上様は、このわたくしの顔に泥を塗るおつもりでございますか」

「すまぬ、阿茶」

険しい顔つきの阿茶を見て、家康も狼狽している。

「お岩は身が立つよう、腹の子ともども、どこかしかるべき家へ嫁に出す。それゆえ、許せ」

「許しませぬ」

「わからぬことを申すな。そなたは次の将軍となる秀忠の義理の母ではないか。その将軍の母が、かようなささいなことで大騒ぎするようでは困る」

立場の重さを持ち出すことで、家康は阿茶をなだめようとした。

そこに阿茶は、男の狡(ずる)さを見た。

家康とて完全無欠な人間ではない。政敵や家臣には見せぬ弱さもある。

しかし、その狡さ、弱さも含めて、

(私はこのお方に惚れたのだ……)

阿茶はあらためて、ありのままの現実をすべてを受け入れるしかない自分を感じた。

お岩は、徳川幕府の経済政策をつかさどる金座(きんざ)の取締役後藤庄三郎(ごとうしょうざぶろう)光次のもとへ下げ渡されることになった。体(てい)のいい押しつけである。後藤庄三郎にはすでに妻と長男がいたが、家康の命によりお岩を側室に迎え、生まれた子を実子として育てた。

だが、その子が家康の胤であることはあきらかで、のち、庄三郎はこれを後継ぎに据え、二代目後藤庄三郎広世を名乗らせることになる。

家康の血筋を受け継いだ後藤家は、権勢を誇るようになり、幕府が容易に手出しできぬ存在として、大奥、朝廷と並び、

——三禁物

と称されるようになる。

後年、後藤家は幾多の疑獄事件に巻き込まれるが、その血筋ゆえか、幕末にいたるまで取り潰されることはなかった。

ともあれ、家康お気に入りの側近であり、御側御用の重職を務めることになる庄三郎を娘婿にしたことは、阿茶の政治的立場をさらに強くした。

六

慶長十年、家康は将軍位を息子秀忠にゆずった。

隠居の身となった家康は、江戸城を去り、駿府城に居を移す。

以後、家康は、

——大御所（おおごしょ）

として、まだ土台の固まりきらぬ江戸の幕政と、大坂城に残っている淀殿、豊臣秀頼母子の動きに目を光らせることになる。

阿茶もまた、秘書官として駿府へ付き従った。家康最後の大仕事、豊臣家問題の解決に尽力するためである。

慶長十九年、大坂方との開戦のきっかけを作るため、家康は豊臣家の菩提寺である洛東方広寺（ほうこうじ）の鐘の銘文に目をつけた。

銘文の一部に、

「国家安康（こっかあんこう）」

と刻んであるのは、家康の首と胴を二つに断ち切る呪詛を込めたものだと、大坂方に難癖をつけた。

（さすがの大御所さまも、焦っておいでだこと……）

阿茶にもそれが単なる言いがかりであることはわかっていたが、七十三歳という家康の年齢を考えれば、多少の焦りは、

（無理もない……）

と思われた。やはり、女には惚れきった男への身びいきがある。

震え上がった大坂城からは、淀殿の使いとして家老の片桐且元、女官の大蔵卿ノ局らが、駿府へ弁明に駈けつけた。

阿茶はその応接にあたり、徳川家の外交官の役目を果たす。また、徳川、豊臣がついに手切れとなり、大坂冬の陣がはじまったさいも、阿茶は淀殿の妹常光院（お初）とのあいだで、両軍の講和を取りまとめている。

だが、停戦もつかの間、やがて夏の陣が勃発し、大坂落城とともに豊臣家は滅んだ。

阿茶が生涯をかけて仕えた家康は、その顚末を見届けたかのように、豊臣家滅亡の翌年、病に倒れた。

御用商人の茶屋四郎次郎が献じた興津の鯛の天麩羅を食したあと、血を吐いたのである。

侍医たちの必死の手当もあり、家康の病状はいっとき、小康状態となった。

そのとき、家康が頼りにしたのは、若い側室たちではなく、やはり、もっとも気心の知れた阿茶であった。

「気だけは若いつもりだったが、わしもそろそろ三途の川が近いかのう」

床に伏した家康が、昔のように阿茶の手を握りながら言った。

「気弱なことを仰せられますな。大御所さまらしゅうもない。阿茶の知っている大御所さまは、もっとあきらめの悪いお方だったはずでございます」

「あきらめが悪いか」

「はい」

「そなたにはかなわぬな」

家康は目尻の皺を深くし、力なく微笑した。

「だが、いかにあきらめが悪くとも、人には必ず終わりの瞬間が来る」

「大御所さま……」

「そのときのため、そなたに最後の頼みがある」

「わたくしにできることであれば、どうぞ何なりと」

溢れそうになる涙をこらえ、阿茶は家康の手を強く握り返した。

「わしが死んだあとも、そなたは髪を剃ってはならぬ」

「大御所さまの後生を弔うこと、お許し下さいませぬのか」

「そうではない」

家康は首を横に振った。

「わしが死ねば、残された側室どもはみな仏門に入るであろう。抹香(まっこう)臭い仕事は、その者たちにまかせておけばよい」

「されば」

「そなたは俗世にあって、将軍を助けよ。わしに尽くしてくれたように、こののちも徳川家のために働いてくれ」

それが、家康の阿茶への遺言になった。

元和二年（一六一六）四月、家康は駿府城で没した。

家康の遺命に従い、阿茶は落飾することなく、その後も徳川家のために生きた。将軍秀忠の娘和子(まさこ)が後水尾(ごみずのお)天皇に入内するさいには、和子の守役として京へのぼっている。

皇后の義理の祖母であったため、官位も臣下の女性としては最高の従一位を与えられた。従一位といえば、関白、太政大臣になることのできる官位である。もとは、滅亡した武田家の一家臣の娘であったのだから、驚くべき出世といわねばならない。

（自分の生涯は何だったのであろう……）

晩年、御所の庭に咲く満開の枝垂れ桜を眺めながら、阿茶はふと考えることがあった。

（一度は人買いの手に落ちた身が、従一位とは……）

かつて、家康は阿茶のことを、

——わが吉運の神
と呼んだことがある。

だが、考えてみれば、阿茶も家康との出会いによって、異数の出世を手に入れた。

とすれば、

（家康さまこそ、わが開運の神であったか……）

花曇りの空を見上げる阿茶の目に、初めて会ったときの男の大きな背中がまざまざとよみがえってきた。

阿茶は家康よりも二十一年長く生き、寛永十四年（一六三七）、京の地で世を去っている。八十三歳であった。

決戦関ケ原
徳川家康として

池波正太郎

池波正太郎（いけなみ・しょうたろう）
1923年、東京生まれ。1955年、東京都職員を退職し、作家生活に入る。新国劇の舞台で多くの戯曲を発表し、1960年、第43回直木賞を『錯乱』によって受賞。1988年、第36回菊池寛賞を受賞。代表作に『真田太平記』『鬼平犯科帳』『剣客商売』『仕掛人・藤枝梅安』シリーズなど。1990年逝去。

徳川家康が、石田三成のひきいる〔西軍〕挙兵の知らせをうけとったのは、下野（栃木）小山の本陣においてであった。

ときに慶長五年（一六〇〇年）七月二十四日のことで、家康は五十九歳の老齢に達していた。

このときの徳川家康は、二年前に病没した豊臣秀吉の〔五大老〕筆頭の地位にあり、秀吉亡きのち、その幼い遺子である秀頼をまもって、豊臣政権の主軸となり、

「天下の束ね」

をする責任を負っていたのである。

そうした地位と責任の上に立ち、家康はこのとき、諸将をひきい、七万の大軍を発し、会津百二十万石の大名であり、これも五大老の一人でもある上杉景勝を討伐せんがため、下野・小山へ着陣したところであった。

去年の春のことだが……。

これも五大老の重職にあって、故太閤秀吉が、もっともたのみにしていた前田利家が、秀吉の後を追うようにして亡くなった。このときから、「自分のほかに、天下をおさめるものはない」との、強烈な自信を、家康は得るにいたった。

幼少のころから戦乱の艱難をなめつくしつつ、しかも徳川の家と領国をまもりぬき、織田信長・豊臣秀吉の天下統一の大事業をたすけ、忍従の長い年月を送ってきた家康だけに、その自信は充分な〔実力〕によって裏づけられている。

「領国から一度、もどって来るように」

と、家康がいい送ったにもかかわらず、これを拒否し、領国に戦備をととのえつつあった上杉景勝を、

「断固、討つべし!!」

と、家康は、諸将に出陣命令を下した。

これを、豊臣政権の閣僚（中老・奉行）たちは、必死に押しとどめようとした。家康が、政治の中心である伏見城を出て、遠く会津へおもむくとすれば、その隙に、反徳川勢力が結集し、ひいては、ふたたび戦火をよぶことを恐れたからである。

そのことは、家康にとって、

「覚悟の前」であった。

戦火を見ずして、秀吉亡きのちの天下が、素直に自分へころがりこむことはない。五大老の一人としての家康の威望は非常なものであり、これに従う諸大名も

多い。

「内府とともに戦わん」

しかし、幼い豊臣秀頼が成長するのを待ち、豊臣政権の主に仰ごうとする豊臣の遺臣たちにとっては、去年から俄然、天下人の様相をわれから誇示しはじめた……かのように見える徳川家康の動静に不安と怒りをおぼえている。

むろん、家康も、

「秀頼を擁立する」

という立場を表にはあらわしているけれども、このさい、わが経綸を天下に問わんがためには、

「天下のすべてを従えねばならぬ」

決意をかためていたのであった。

上杉討伐の途中で、石田三成を主軸とした西軍が挙兵することも予想している。

伏見城を去るにあたり、家康は腹心の鳥居元忠に千八百余の兵をあたえ、城の留守居を命じた。

命じたほうも、命じられたほうも、伏見城が西軍の攻撃を受けて、しかもささえ切れぬことをわきまえていたのだ。

小山の家康本陣へ、西軍挙兵の報をもたらしたのは、実に、伏見城をまもる鳥居元忠が最後にさし向けた使者であった。

知らせをうけたとき、家康は、伏見で別れを告げた折に、鳥居元忠が敢然（かんぜん）として、

「このたびの東征は一大事でござる。殿には一兵なりとも多くひきいられて、会津へおもむかれたし」

と、いいはなった、しわだらけの老顔をおもいうかべた。

（あのとき、わしは、内藤家長と松平家忠を伏見へ残そうとしたのだが……）

だが、鳥居元忠は、

「こなたに兵火あがるときは、それほどの兵力を加えたとて何になりましょうや。いずれにせよ、伏見は孤立無援。むだでござる」

主人の家康のすすめを、一蹴（いっしゅう）したものである。伏見城が焼け落ち、元忠が戦死をとげる日も、

（今日か、明日か……）であった。

一瞬、瞑目(めいもく)した家康が、すぐにかっと両眼を見ひらき、諸将の参集を命じた。

本陣へあつまった諸将へ、家康は、いささかも異変を隠さずに告げた。

石田三成の西軍が京坂(けいはん)の地をおさめ、諸将の妻子を人質にし、細川忠興(ただおき)夫人はこれを拒み、屋敷に火を放ち、自害をとげたことも告げ、

「そこもとたちも、ひとまず大坂へ帰られたらいかがじゃ。妻子の安全をはかるは、そこもとたちの勝手である」

そして、さらに、

「もしも、その後に、家康を助くる志あらば、江戸へあつまってもらいたい」

堂々といいはしたものの、胸底は必死のおもいであった。

だが、そのときの家康の気魄(きはく)のすばらしさに、諸将は完全にのみこまれてしまい、まず、

「われは、内府（家康）とともに戦わん」

と、いい出したのが、豊臣恩顧の大名・福島正則である。これで、諸将いずれも、家康の勝利へ、

「わが命運を賭ける」

ことを決意し、反転して西軍と戦うことを、家康に誓約したのだ。

　このとき家康は、

「こたびの戦は、われが豊臣家の大老として、石田三成を討つものである」

　と、強調することを忘れていない。

　そして伏見城は、この月の晦日に西軍の手に落ち、鳥居部隊は全滅した。


「すみやかに開戦なさるべし」


　徳川家康は、次男の結城秀康を宇都宮城へ入らしめ、そのほかに、蒲生秀行・小笠原秀政などを残し、上杉景勝にそなえ、自分は八月七日に江戸城へ帰った。

　福島正則をはじめ、黒田・浅野・藤堂・山内・加藤など、家康に従って会津征討に向った諸将が〔東軍〕として東海道をのぼるとき、海道の城に在った大名たちは、いずれもこれをひらき、家康に味方する態勢をしめした。

　そして……。

　家康が江戸へ帰った三日後の八月十日。

　早くも、西軍の総帥・石田三成は、美濃の大垣城へ入っている。

　これは、西上する家康を、よき時機と、よき場所をえらんで決戦をいどみ、潰滅(めっ)せんとするためであった。

八月十四日。〔東軍〕は、尾張の清洲城に集結を終えた。

だが、徳川家康は江戸城からうごかぬ。

石田三成が、これも五大老の一人で、安芸(あき)・広島百二十万石の城主・毛利輝元を〔総大将〕として迎えることに成功し、これを大坂城へ入らしめ、豊臣秀頼と、その本拠をまもるかたちにしたことも、すでに家康の耳へ入っている。

けれども、実際上の西軍総帥は、

（石田(いしだ)治部(じぶ)少輔(しょうゆう)と見てよい）

のである。

中国地方の太守で、五大老としての人望も厚い毛利輝元が西軍に加わったとなれば、上方から中国・九州・四国にかけての諸大名いずれも、西軍へ参加するにちがいない、と、石田三成は考えているのであろう。

（なれど、毛利も、われから好んで味方をするのではあるまい）

と、家康はおもっている。

（わしが、大坂にも伏見にもおらぬのだから、仕方もなしに、治部少輔の味方をせねばならなかったのであろう）

もっとも、

(ゆだんはならぬ)のである。

家康が若いころ、負けるのを承知の上で、三河武士の面目にかけて、武田信玄の大軍と三方(みかた)ケ原で血戦したときのような闘志も意気地も、いまの大名・武将たちにはない。

(どちらか、勝つ見込みのあるほうへ、味方をしよう)というのだ。

なればこそ、家康は、

〔勝つ見込みのある大将〕

に、ならねばならぬ。

(この戦が、らくらくと勝てようとはおもわぬ)

それだけに、六十に近い老軀(ろうく)が久しぶりの闘志に燃えさかっている。

(清洲にあつまった軍勢は、さぞ、じりじりと、わしが出て行くのを待っていることであろう)

そのとおりであった。

総大将が出て来なくては、決戦にもちこめない。

福島正則などが、いらいらと清洲城で待ちかねていると、家康の使者・村越直(なお)

吉が江戸からやって来て、

「すみやかに開戦なさるべし」

「なんと？」

「御一同のはたらきぶりをよう見てから、殿は御出馬なされます」

つまり東海道を西上する〔東軍〕の大半は、豊臣恩顧の臣であるから、まず、そのはたらきぶりを見なくては、

「信頼できぬ」

と、きめつけられたも同じことである。

この一戦に賭けた徳川家康の決意のなみなみでないことを見るべきだ。

福島正則は、

「なるほど、内府の仰せはもっともじゃ。よし。しからば、これより、われらが二心なきことを内府へしめすであろう」

といい、諸将とともに連署の〔誓書〕を家康へ送り、すぐさま、岐阜攻撃へ取りかかった。岐阜城は、織田信長の孫・秀信が城主だ。

八月二十一日から二十三日の間に、東軍は岐阜城を攻め落し、二十五日には、岐阜の西南五里ほどのところにある赤坂へ進出し、大垣城の西軍と、わずか一里

余をへだてて対峙するたいじことになった。

早馬の使者が、このことを江戸へもたらすと、徳川家康は、さも満足そうな笑みをうかべ、

「これで、よし」

と、つぶやいた。

自分の人望と実力の評価を、たしかめ得たからであろう。

そして九月一日。

家康は三万二千余の本軍をひきいて江戸城を発し、十三日に、清洲を経て、岐阜城へ入ったのである。

「治部は戦の魔性を知らぬ」

江戸を出たときの徳川家康は、

(大垣城を、水攻めにしてくれよう)

と、考えていた。そうして、一応は西軍の本軍のうごきを封じておき、つぎの作戦に移るつもりでいた。

だが……。

東海道を上るにつれ、西軍のうごきや陣形が、つぎつぎにもたらされるのをきき、しだいに速戦の気がまえになってきて、清洲から岐阜へあらわれたときには、

「もはや、足ぶみをしていてもはじまらぬわ」

豪胆に心境が変り、

「大垣の石田治部など相手にはせぬ。まっしぐらに大坂へ向おうぞ」

と、いいはなった。

大坂は、豊臣家の本拠である。

そこに、幼君・秀頼をまもって、五大老の一人・毛利輝元がいるけれども、家康の大軍が押し寄せて行ったなら、

「伏見も大坂も、ひとたまりもない」

のである。

石田三成は、それを阻止せんがため、はるばると美濃の大垣まで出張って来たのではなかったか……。

と、なれば……。

(大垣城を尻目に、わしが大坂へ進まんとすれば、治部少輔もかならず、全軍を

ひきい、城を出て、わしが行手を阻(はば)まんとするにちがいない）

家康は、確信した。

こちらも、全軍をあげて大坂へ進む。

進む道は、赤坂から中山道を経て、関ケ原をぬけ、近江へ出る。

大垣にいる西軍が、これを阻もうとするなら、中山道とは南宮山をへだてた山間の道を関ケ原へ出て、

（わしを待ちうけるであろう）

すると、決戦場は、どうしても関ケ原になるのである。

もともと、家康は城攻めよりも野戦を得意とする。その野戦へ一挙にもちこもうとしたのだ。

赤坂の本陣へ家康が到着した折も折、本陣（岡山）の直下の杭瀬(くいぜ)川で、両軍の小戦闘がおこなわれていた。

これは、西軍の闘将・島左近らがひきいる部隊が、さそいをかけ、東軍の一部がこれにのりかかって戦闘をまじえ、さんざんに打ち負かされつつあった。

家康は、これを見るやにがにがしげに、

「大事の前に、つまらぬ小戦(こいくさ)などをして兵を損ずるとは何事か。すぐさま、兵を

引きあげさせよ」

と、叱りつけた。

そしてすぐさま、

「大垣にかまわず、大坂へ急進撃!!」

の姿勢をあからさまに、西軍へ見せつけ、間者をつかって、その情報をしきりにながしはじめた。

なんといっても、一里半ほどの近距離に対峙している東軍と西軍であったから、双方の様子は、

「手にとるごとく」わかってしまう。それが家康のねらいであった。あったがしかし、小細工をろうしようというのではない。大垣の西軍が出て来なければ、

「そのまま、大坂へ進む」

までなのである。

出て来れば、堂々と乾坤一擲（けんこんいってき）の決戦をおこなうまでであった。

いっぽう、大垣城では、

「いまこそ、敵本陣を夜襲すべし!!」

の作戦が、島津義弘（薩摩（さつま）・鹿児島城主）と小西行長（肥後・宇土城主）から

出され、それをめぐって夕刻から夜にかけ、諸将の間で烈しい論争がつづけられていた。

最後の截断(せつだん)を下すのは、総帥・石田三成をおいてほかにない。いよいよ、そのときがきて、三成は迷いに迷った。まず、こちらが夜襲をしかけることなど、

(家康は百も承知にちがいない)

と、おもえてならない。そうだとしたら、みすみす家康の罠(わな)にはまるばかりではないか……。しかも夜戦……夕刻から雨がふりけむっている。それは、

(こなたにも有利なれど、敵にも有利となる)

考えあぐねて、なかなかにふみきれない。

そこへ、関ケ原に待機している大谷吉継(よしつぐ)(越前・敦賀(つるが)城主)から、

「どうも、近くの松尾山に布陣している小早川中納言(秀秋)のうごきが不穏でござる。徳川方へ意を通じているらしい。こうなれば、ともあれ西軍が一丸となったほうがよろしいか、と、おもわれる」

と、いってよこして来た。

西軍の一部は、関ケ原を中心にして布陣しており、南宮山にも、毛利秀元(輝元の養子)など五将が陣をかまえている。

これらの諸将に対し、徳川家康はすでに、

「こちらへ味方なされ。悪(あ)しゅうはせぬ」

しきりに、内応のさそいをかけていたし、その気配は、大垣の石田三成の耳へもとどいていた。だから三成は、なおさらに、不安となったのである。

ついに、三成が、

「夜討ちはしかけず、内府に先んじて関ケ原へ至り、待ちかまえて決戦いたす!!」

と、断を下した。

「ばかな!!」

島津義弘は、席を蹴って憤然(ふんぜん)と去った。

そして義弘は、いざ決戦となったとき、陣地からうごかず、勝敗決したのち、猛烈果敢な退却戦をおこなって戦場を離脱している。また、小西行長は、このときの石田三成を評して、

「治部殿は、戦の魔性を、知らぬ。戦するのは、書状をいじり、政令を案ずるのと同様にはまいらぬ」

と、いったそうな。

「間に合いませぬでしたな」

徳川家康が、八万余の東軍をひきいて赤坂の本陣を発したのは、翌九月十五日（現代の十月二十一日）の午前二時前後とおもわれる。

雨勢は強くなってきていた。

これより先、午前零時すぎに、石田三成は西軍をひきい、大垣城を発して、南宮山の南麓（なんろく）を関ケ原へ向った。このとき、南宮山に陣している毛利・安国寺・長束などの諸部隊へ、開戦となったなら、山を下って東軍の背後から攻めかけるように、と、念を入れている。

三成は関ケ原へ入り、合せて十万余の総兵力を、関ケ原を通る中山・北国・伊勢の三街道が京・大坂へのびている地点を扼（やく）して陣形をととのえ、みずからは、本陣を笹尾山にかまえた。

ときに午前三時ごろか。

同じころ、家康の東軍は、赤坂から一里十二丁ほど先の垂井（たるい）へ入っていた。

東軍は、南宮山の北麓の中山道を進む。両軍の間を分けていた南宮山の西軍部隊は鳴りをひそめている。

家康は、これらの西軍部隊に、

「内応せよ」

何度も密使を送っていたが、まだ承諾の返事を得ていない。そこで池田輝政・浅野幸長(よしなが)などの諸隊を南宮山の山裾へ配置し、万一にそなえしめておいて、

「急ぎ進んで、陣備えをせよ」

と下知した。

福島・井伊・黒出・筒井・藤堂など十七の諸部隊は関ケ原へ入り、その東面へ展開した。

そして家康は、南宮山の西側の山つづきにある桃配山(ももくばり)とよばれる突起点に〔本陣〕を置いたのである。

こうして両軍が、約一方里半の小盆地である関ケ原に向い合ったとき、午前五時ごろになっていたろう。

雨は熄(や)んだけれども、濃い霧がたちこめてい、視界はまったくきかぬ。

桃配山は、高さ六十メートルほどの小さな突起点だが、中山道の際(きわ)にあるし、前面の関ケ原を一望に見わたせる。

総指揮所としては、非常に便利がよい。

関ケ原は西から北にかけて伊吹の山なみ、西から南へかけて、松尾山や今須山につらなる山々。東には南宮山と、ほとんど四方が山にかこまれている。徳川家康の本陣から見ると、西軍・石田三成の本陣がおかれた笹尾山は、西北の方一里弱をへだてたところの突起点だ。

濃霧の中に、両軍の物見が出て、双方の陣形をさぐり合う。

家康は床几（しょうぎ）にかけ、闘志を秘めて黙然（もくねん）と戦端のひらかれるのを待つ。

三成の本陣の左へ、島津・小西・宇喜多など十四の部隊が陣をかまえ、その左端の松尾山にも、小早川秀秋（筑前・名島城主）の部隊がいる。

石田三成は、小早川部隊に対し、

「合図の狼煙（のろし）をあげたなら、すぐさま山を下り、東軍へ攻めかけられたし」

と、くどいほどに念を押していた。

家康は、ずっと以前から小早川秀秋には、さそいの手をのばしており、その点、かなりの自信をもっていたようである。

本陣の真下に陣している老臣の本多忠勝が、桃配山へのぼって来て、

「ついに、間に合いませぬでしたな」

と、笑いかけたが、家康は渋面をつくり、返事もせぬ。いまの家康には、そのことだけが残念でならない。

それは……。

三男の徳川秀忠が、まだ戦場へ到着していないからであった。

今度の戦に際し、家康は本陣をひきいて東海道を上り、秀忠は第二軍三万八千をひきい、信州から木曾へ入り、さらに美濃へ出て本軍に合流することになっていた。

ところが、秀忠の第二軍は、西軍に与(くみ)した真田昌幸の信州・上田城を攻めあぐね、これを落すこともならず、むだに日数を重ねたため、ついに大事の決戦に間に合わず、のちに父・家康からひどく叱責(しっせき)されることになる。

家康としては、秀忠を自分の後継者と決めているだけに、その失態に、烈しい怒りとくやしさを感じている。秀忠についている三万八千の兵力が、あるのと無いのとでは、戦況も大いに変って来よう。

しかし家康は、第二軍の到着を待たず、長い豊富な経験が生んだ直感から、

「いまこそ！」

と、戦機をつかみ、いっさいの迷いを捨て切り、われから決戦へ持ちこんだの

であった。

「小早川の内応はまだか」

午前八時ごろ……。

濃霧がうすれかかるや、両軍の戦闘は、まず、井伊・松平（東軍）と、宇喜多（西軍）の部隊との銃撃戦によって火ぶたが切られた。丸山に陣している黒田長政があげた開戦を知らせる狼煙を見て、東軍がいっせいに、

「うわあ……」

と鬨（とき）の声をあげ、押し出して行った。

丸山にいた黒田長政は、尾根づたいに山林をぬって、笹尾山の西軍本陣の側面へ突如あらわれ、猛然と銃火をあびせつつ、突撃した。

そこをまもっていたのは、石田三成の股肱（ここう）といわれた島左近勝猛（かったけ）であったが、

「……島左近の隊、ほとんど尽き、左近また傷つき、従兵これを負うて走る」

と、戦記にあるような状態となったけれども、小西・宇喜多の西軍が力戦奮闘し、午前中の戦況は、

「西軍が押し気味であった」

と、いわれている。

ともかく、一方里半四方ほどの平原で、両軍合せて十数万の大軍が戦うのだから、まるで芋を洗うような混乱戦となった。

石田三成は、味方が有利と見て、

「狼煙をあげよ」と、命じた。

松尾山の小早川秀秋と、南宮山の西軍へ向けて、

「いまこそ、山を下って攻めかかられたし」の、合図だ。

ところが、狼煙を見ても、松尾・南宮両山の味方は、一向に山を下って来ない。

いずれも、いますこし形勢を見きわめ、

（どちらか、勝つ見こみが出たほうへ味方しよう）と、考えていたのである。

三成も、じりじりしたろうが、家康もいらだち、侍臣の奥平藤兵衛貞治(さだはる)に、

「手勢をひきいて、ひそかに松尾山へのぼり、小早川に、内応の約束を忘れたのか、と申しつたえよ」と、叫んだ。

石田三成も大谷吉継に命じ、使者を松尾山へ走らせ、

「何をしておられる。狼煙の合図をお忘れか?」

きびしくいいたてたが、小早川の家老・平岡頼勝は、両軍のさいそくを、のらりくらりといいのがれて、うごこうともせぬ。

徳川家康は、居ても立ってもいられなくなり、「よし。本陣をすすめよ」といい、桃配山を下って、戦場へ突入し、陣場野へ本陣をかまえた。

これによって味方をはげまし、敵を圧迫しつつあることを見せたのであった。

老いた総帥の、物凄い気魄（きはく）にうたれ、東軍は奮起した。

家康は、しきりに爪を噛み、

「小早川の内応は、まだか、まだか!!」

足をふみならし、満面に怒気をふくんでわめいた。

逆境にあるとき、爪を噛むのは、家康が若いときからの癖である。

すでに昼をすぎて、いまや戦闘はクライマックスに達していた。

「かまわぬ。松尾山の小早川へ鉄砲を撃ちかけい」

家康はこういって、麾下（きか）の銃隊を福島正則の銃隊と合同させ、これが松尾山の裾（すそ）へ押しかけ、一斉射撃をおこなった。

これで、小早川秀秋も、

「かくなる上は、東軍に……」

ついに決意し、山を下って西軍の大谷部隊へ突撃したのである。

同時に、小早川とともに形勢をうかがっていた元西軍の脇坂・朽木（くちき）・小川などの四部隊も松尾山の裾から起ちあがり、これも西軍へ突入して行った。

南宮山の西軍は、ついに戦場へあらわれなかった。

この松尾山・西軍の裏切りによって、戦局は急激に変った。

大谷吉継は戦死。小西・宇喜多の両部隊もちからつきて四散し、

「いまこそ‼」

と、東軍が石田三成の本陣へ攻めかけたので、三成は身をもって伊吹の山中へ脱出してしまった。

午後四時ごろ。

徳川家康は、首実検を終え、近くの藤川台へ本陣を移し、戦勝を祝ったのである。

倒(ちょう)の忍法帖

山田風太郎

山田風太郎（やまだ・ふうたろう）

1922年、兵庫県生まれ。東京医科大学卒業。1947年、『宝石』新人募集に応募した『達磨峠の事件』でデビュー。翌年、『眼中の悪魔』『虚像淫楽』で第2回探偵作家クラブ賞短編賞を受賞。その後『甲賀忍法帖』をはじめとした「忍法帖」シリーズなどを精力的に発表した。代表作に『警視庁草紙』『人間臨終図巻』など。2001年逝去。

一

家康はふしぎな人だ。英雄の性情行為、すべてふしぎでないものはないといえばそれまでだが、家康の場合のその一例は、この人に果して父性愛があったかどうかということである。少くともその現われかたのいぶかしさである。

家康がその長男信康を、信長の命じるままに腹切らせたいわゆる「築山殿事変」は、家康最大の悲劇として知られている。つまり徳川家存続のために万斛の涙をのんで敢てしたことだと解釈されている。大いなるもののために、凡俗の父性愛をふりすてる英雄の悲劇。

それはまあそれとして解釈できるが、次男秀康に対する父性愛の現われかたはどうも納得できない。秀康は後年秀吉の養子にやられたために不遇の人生を終えた人だが、しかし生まれたときからその顔がギギという鯰科の魚に似ているといって、家康は顧りみようともしなかった。

それから六男の忠輝に対しても同様だ。新井白石の「藩翰譜」にいう。——

「介どの（忠輝のこと）生まれ給いしとき、徳川どの御覧じけるに、色きわめて黒く、まなじりさかさまに裂けて恐ろしげなれば、憎ませ給いて捨てよとの仰せあり」

ひどいものだ。大いなるもののために凡俗の父性を殺すどころではない。顔が可愛くないから捨ててしまえとは、凡俗の父性も敢てしない小人的、ヒステリー的感情である。少くとも、われわれがふつう知っている家康像とは正反対の現われかたである。

「七歳にならせ給うとき、このお子賢々(さかさか)しくましますことどもきこしめされ、いかにや生(お)い立ちぬらんとて召さる。つくづく御覧じ、恐ろしき面(つら)だましいかな。三郎が幼なかりしときに違(たが)うところなかりけりと仰せけり」

三郎とは長男三郎信康のことだ。

これで長男信康の容貌(ようぼう)も類推できる。してみると、家康が信康を切腹させたときの心情も、果して世に伝えられるごとく熱鉄の涙をのんだかどうか疑われる。

とにかく、ばかに子供の容貌にこだわるところが家康らしくないが、しかし秀吉の上淫趣味が彼の出身コンプレックスにあったように、コンプレックスを持たない代表的英雄家康の唯一のひそかなるコンプレックスが、子供の容貌という点にはしなくも露呈したものと見られなくもない。この三人、いずれも母は別々だから、責任は家康にあることはほぼ分明だ。

そしてこの三人の子が、いずれもその性格が強烈なことで共通しているのは一奇であった。よくいえば英邁で、豪快だが、一歩あやまると、或いは見方によっては奇矯凶暴とさえいえる行状となる。

この物語は、その六男上総介忠輝の、英邁で豪快で奇矯で凶暴な行状からはじまる。


――慶長十九年。


誕生したとき父に捨てられかけた忠輝も、いまは越後六十万石の太守となっていた。捨てられるどころか、長ずるに従って、その頭脳の鋭敏さ気力の精悍さは、さすがの家康にも無視できぬものとなり、武蔵深谷一万石、下総佐倉四万石、信濃松代十四万石と累進し、かくて越後の太守となったのだ。大御所家康の第六子とはいえ、長子信康、次男秀康、四男忠吉、五男信吉すでにこの世になく、事実上、秀忠についで次男の位置にあるといっていい。世に「介どの」正しくは松平上総介どのという。このとし二十三歳。

このときまでに、すでに上総介の英邁奇矯な性向のあらわれた事件がある。

慶長十四年、というから彼がまだ松代の大名であったころ、十八歳のときの話だが、老臣の皆川山城守、山田長門守、松平讃岐守が連名で、「上総介さま、おん行跡荒あらとして言語に絶する」むね数か条を駿府の大御所に訴え出たことがあった。「荒あらとした行跡」がいかなるものであったかつまびらかではないが、これら三人はいずれも忠輝が幼少のころから傅育の任にあたり、その後もとくに幕府から忠輝の後見役としてつけられていた老臣であったから、よくよくのことであったと思われる。

しかるに、上総介は開き直った。この訴えにより秀忠から詰問の使者としてさしむけられた高畠伊織なる旗本に彼はいった。

「いっておく。皆川らは余の家来であって、公儀の臣ではない」

彼らがこのたびの訴えは分際をわきまえぬ所業だ、といったのである。

「それから、もう一ついっておく。余もまた大御所さまの子だ。一大名となったのは、ただ兄のあとで生まれたからに過ぎぬ」

それから、不敵にニヤリと笑った。

「おまえ、うまく将軍にとりなしておいてくれ」

高畠伊織は江戸に帰ったが、とうてい復命できる内容ではない。そのまま家に籠って懊悩すること三日、老中土井大炊頭の督促にやむなくその屋敷に向ったが、ただ上総介の口上を一紙片にしたためたものを提出しただけで屠腹（とふく）した。

大御所もこの復命書を読んだが、しかし沈思の末、彼は命じた。

「この老臣ども、腹切らせい」

私情におぼれる家康ではない。まして生まれたころから、またこの後に於（お）ける忠輝に対する仕打ちを見てもわかるように、彼がこの息子にさほど愛情を持っていたとも思われない。

この場合、事情はともあれ忠輝の言い分を至当と認めたというより、その迫力にさしもの家康も打たれたとしか見えないのだが、ともかくも英雄の心事は測（はか）りがたい。

で、結局、若い主君にお灸（きゅう）をすえようとした老臣たちは誅（ちゅう）され、上総介のほうはその翌年、かえって越後へ、いよいよ本格的な大名として転封されてしまった。

越後の福島（いまの直江津（なおえつ））にあること数年、ここは水災が多いため、彼は高田へ居城を移すことを願い出て、慶長十九年三月から築城を開始した。それまでこの地はただ菩提（ぼだい）ケ原（はら）と呼ばれた荒野であったもので、後年の新潟県高田市はこのときにはじめて誕生したのである。

この築城はむろん幕府の許しを受けたもので、前田、上杉、伊達、蒲生（がもう）、最上（もがみ）、村上、佐竹、南部など北陸奥州の十三藩が普請お手伝いを命ぜられたほどであるが、このときに上総介の行状の異常なことが明らかになった。

もっともそれ以前の松代時代から、あの老臣出訴事件以外にも風評はあった。それが訴えの箇条にあったかどうかは不明だが、非常な好色と、そして放浪の一剣客を城にとどめて刀術の修行をしているという。後者は大名として非難されるはずはないのだが、その修行のしかたが何とも異常で、仕官志望の牢人などを、極めて研究的に斬るという。——その剣客の名は、伊藤一刀斎といった。

二

さて、この高田城築城にあたって、その行状の異常ぶりが世に知られたのは、その異常ぶりもさることながら、彼がそれらお手伝いの十三大名に自分から宣伝したせいもある。

すなわち彼は、毎日普請中の城の現場に出張してこれを指揮する一方、領内の土民を日に三百人ずつ引見して、面接試験をやりはじめたのだ。

「土下座無用」

とは、事前にかたく触れてある。

面接試験とはいっても、ほとんどゾロゾロと上総介の前を歩かされるだけだ。ときどき呼び出してものをきくこともあるが、ほんの二、三語。

これが連日つづいた。十歳以上の男女はことごとく出でよ、との布告で、当時この一帯の領民が何万いたか、何十万いたか見当がつかないが、日に三百人としても、十日に三千人、百日で三万人という計算になるが、とにかくこれを飽かずくり返す。

のみならず、そのたびに「天」「地」「人(じん)」と宣告して、いちいち近習にその名とその位をつけ合わさせてゆく。

たまたまこれに立ち合った最上侯とか佐竹侯とかの疑問に答えて、

「人間の優劣を調べておる」

と、上総介はとくとくといった。

「大ざっぱなものではあるが、まず利口か普通か馬鹿(ばか)か、一見しただけで見当はつくであろう。ただこれに面とからだの強弱をも勘案するので、はじめはいささか時を費(ついや)したが、このごろは一日五百人でもほぼ評定(ひょうてい)ができると思うておる」

乱暴なのは、この検定法ではなく、検定の結果であることを大名たちはまもなく知った。

天と鑑定された者は後日城が出来上り次第、ふたたび召し出されるであろうといい渡される。地はそのまま何のこともなく帰らせられる。そして人と判定された者は、そのまま工事に――しかも生命の危険すらあるこわい仕事か、或いは奴隷的重労働かに追いやられるのであった。

「土民には限らぬ、天地人は侍どもの中にもある。追い追い入れ替えるつもりである。とくに優れた少年たちには、特別の教育を施そうと思う」

「人の奴らは？」

「絶滅の方針じゃ」

「えっ、絶滅？」

「そもそもこの世に於て、災いをもたらすものは阿呆にまさるものはない。人に不幸をもたらすものは奸佞なる悪人よりも、暗愚によるもののほうがはるかに多い。人はしばしば、強い奴、利口な奴が、弱い人間、愚かなる人間を、だまし、しいたげ、搾取するという。が、余の見解によると、強い人間、賢明なる人間が、おのれの足に重い鎖をつけて、弱い奴、愚かな奴を営々とひきずって生きておる。換言すれば、愚かで弱い虫けらどもは、強くて賢い人間たちのおかげで食わせてもらっておるのじゃ」

「なるほど。――」

「虫けらどもはたんに無益なる存在であるのみならず、この世の進歩を邪魔する有害の手枷足枷でもある。従って、愚鈍劣弱、無能、無責任の奴らは、追い追い絶滅の方向へ持ってゆく」

　二十三歳の青年大名は、恬然冷然としていうのであった。うす笑いすら浮かべて、

「そればかりではない。余は前向きにもすすんで強い男と美しい女、有能な男と賢い女のみを組み合わせ、この国を、強くて美しくて賢くて有能な子孫ばかりで満たしてゆこうと思う。――見よ、数十年のうちに、この越後は天下に冠たる精鋭の一国となるであろうぞ」

　――あとで大名たちの語り合ったことであるが、この徳川の御曹子にこのような思想、理念を吹きこんだ者はだれだろう、ということが問題になって、期せずして、それは大久保長安であろう、ということに意見が一致した。

　大久保石見守長安はこの前年死去して、死後その旧悪が露見して一家処刑されたという人物だが、生前は大御所秘蔵の能吏として、また鉱山開発の大ベテラン

として天下に喧伝された。死後明らかになったところによると彼は切支丹とも関係があったということであるが、そういうことは知らなくても、生前からその知識の近代的なこと、行政のやりくちの水際立っていること、それだけで妖気をすら放ち、日本人ばなれした異和感を人々に与えた人物であった。この長安を大御所は、佐渡の金山への往復、必ず松代や越後に数か月滞在させて、若い上総介の政治の指導をさせていたのである。

上総介にこの破天荒の人的資源養成計画を吹きこんだ者が、大久保長安であるか否かは知らず、「これはたんに余一人の野心とか、越後一国の問題ではない。日本の将来にかかわる。余の眼から見ると、脳中ただ徳川と豊臣しかない大御所さまのおん小ささに言い分があるが、それはまずおくとして、おのおのがた、余のこの信念に賛同ならば、国へ帰って同様の仕置をされい。余はこれをすすめんがために、あえてこの実施ぶりを参観に供したのだ」

昂然としていった。

いかにも二十三歳の御曹子大名らしい着想であった。

彼のこの着想がたとえいかに純粋で合理的であろうと、これを実行した場合、容易ならぬ摩擦、混乱、動揺が起ることは当然で、それは越後に一種の恐慌状態さえひき起した。

　まずこの賢愚の判定法に問題がある。賢と評定(ひょうてい)されたほうはまずいいとして、愚ときめつけられたほうはかなわない。見方によってはこれは強きを助け、弱きをくじく政策で、しかも上総介はその理念を正義と信じて推進する。それに、本人の意向はともあれ、第三者からはいかにも典型的暴君と見える行為も混った。

　女の場合が問題であった。上総介はあきらかに、これを賢愚強弱によらず、美醜の視点から選んだように見えたからだ。

　本人はそれも承知していて、

「女の場合、それが最大の座標となる」

　と、平気でいった。

「美しゅうない女は、あれは女ではない」

　ともいい、さらに、

「美しい女というものは、ただ存在するだけでこの地上の快楽の源泉となるからの」

　と、眼をほそめてつぶやくのであった。なるほどこれも、強きを助け弱きをくじく理念の適例には相違ない。

そして彼は宣言し、かつ実行した。美女をえらんで、優れた男に与えるのである。人間の改良交配である。それはいいが、その前に——その美女が果して優良種であるかどうか、またいかなる男にかけ合わせるのが適当か、判断のよすがとするためと称して、彼自身が試験的に交合してみる。

これで問題が起らなかったらどうかしている。果然、無数の悲劇は起った。無能と判定されて農工商におとされた武士階級の悲劇、恋愛関係どころか夫婦関係さえ強引に裂かれ、強引に結び合わされる悲劇、これは当然として、実に意外であり、かつ最大の悲劇は、ひとたび上総介の犠牲となった女たちが、爾来、ほかの男に賦与されることに、千人が千人、きわめて抵抗するという現象であった。むろんこの抵抗はゆるされないが、それこそ泣く泣くといったありさまである。なぜか。——

七月に城は一応竣工した。

動機は何であったか、その木の香の匂う大手門の前に、或る朝、三人の武士が「上」と書いた訴状をくわえて屠腹していた。

何が書いてあったかわからないが、上総介の政策に変更はなかった。

それからまもなく、彼が新しい城下町を検分しているとき、その乗物を五人の武士が襲った。乗物から現われた上総介は、護衛の侍を制してみずからこの暗殺者たちに相対した。

「余が刀は、なんじらごとき虫けらどもを斬るために帯びてはおらぬ」

と、彼はいった。

「いや、わしは無刀の術を念願としておってな。ちょっと試みる」

そしてこの徳川の御曹子は、驚くべきことに素手で五人に立ちむかい、そのことごとくを斃(たお)したのだ。無刀の術——にはちがいない。しかしその拳(こぶし)と足の走るところ、五人の男の四肢(しし)は折れ、脳骨は砕け、血へどはぶちまかれて、刀による殺戮(さつりく)よりはるかに酸鼻であった。

大名としては稀有(けう)の手練であったが、このことで人々ははじめてこの主君が松代にいたころ、伊藤一刀斎という漂泊の老剣士に酷烈なばかりの指南を受け、その成果を、仕官希望の牢人などに試みていた実績を思い出したのである。その一刀斎は、その後飄然(ひょうぜん)と去ってこの越後にはいないが、たしかにそのたねはここに武術の巨木として残った。

そして上総介は何を思ったのか、その大手門の前に大高札を立てた。

「わが千年の大計に不平のやからは遠慮なく余が命を狙(ねら)え。

余はただ一国のためのみならず、天下のために不退転の決意を以てわが政策を推進している。余がたんに私の欲望を以て暴逆をほしいままにしているのではない証しに、余は特に無刀の極意を以てあらゆる妨害者を慴伏せしめるであろう。天下、われと思わん者は見参せよ」

いや大胆といおうか、勇猛といおうか。――この意味の布告を見ただけで、夜の野の虫のごとく鳴きしきっていた越後の士民の声は、これ以後しばらくぴたと止まったくらいであった。

行状も前代未聞だが、しかしこの家康の六男は、肉体的にも珍しい男性であった。

いまも諏訪の菩提寺貞松院に残る上総介愛用の草履は力士のそれにまごうほどのものであり、「猩々盃」と名づけられる盃も巨大なもので、直江津の漁師の冗談には、二升以上呑む男を忠輝公と呼ぶという。そしてまた信濃越後一帯では彼をオコリの神様として、マラリアに罹った人間がその墓に詣でるといわれるが、これは上総介が大久保長安からでももらったキニーネを所持していてマラリア患者を癒してやったというような事蹟があったのかも知れないが、しかしそれより、彼の体格容貌があまりに魁偉であって、それを一目見ただけでオコリも落ちたというようなことから発した信仰であろう。

「美女こそ女、それこそは地上の快楽の泉」

と、ウットリとつぶやいたこの松平上総介忠輝は、実に背は一メートル八十センチを越え、筋肉は金剛力士のごとく、そして生まれたとき「色きわめて黒く、まなじりさかさまに裂けて恐ろしげなれば」家康をさえ恐怖させた面貌(めんぼう)を巨大化し、さらに精悍なものとしていた。

それは魁偉というより怪異と評したほうが至当なほどであったが、それにもかかわらずその全身から吹き出す颯爽(さっそう)の気は、何びとをもとらえずにはおかない。——女たちをとらえたのも、まさにその気魄(きはく)であったろう。

三

「——半蔵」

と、家康は深沈たる眼で見まわした。

「これが伊賀名代の手練(てだ)れの者どもよな」

「は。——一応、最も武術にたけたる者の相手には——と、仰せのごとく、この三人を」

徳川忍び組の頭領服部半蔵(はっとりはんぞう)はかえりみて、

「名乗れ」

と、命じた。

「我孫子(あびこ)監物(けんもつ)にござりまする。刀法をいささか」

「轡(くつわ)左平次と申しまする。槍(やり)を修行つかまつってござる」

「平賀蔦兵衛(つたべえ)。鎖鎌(くさりがま)」

三人は平伏した。伊賀組のうち、最も武術に長じた者三名を駿府につれ来たれ――という大御所の命に応じためんめんにしては意外と陰々滅々たる声音であった。

「これらの者どもの姓名、但馬守(たじまのかみ)どのも御存じありますまいが」

半蔵も低いおちついた声でいった。

「半蔵の見るところでは、こやつどもと太刀討ちできる御仁は、柳生の道場にも三人とはあるまいと存ぜられまする」

「ほう」

と、家康は三人の男に、一人一人じゅんじゅんに視線をそそいでいったが、や

おら反対の側に眼を移して、

「これが伊賀の誇るくノ一どもよな」

と、いった。

「は。――仰せに従い、いかなる堅固酷烈の男をもとろかす媚術を体得しておるくノ一三人」

そして半蔵はみずから紹介した。

「右より、お唐、お綱、お麦と申す女どもにござりまする」

三人は平伏した。いかに半蔵のいう「媚術の体得者」とはいえ、これが伊賀者かと眼を疑うほど美しい女たちであった。

「媚術とは、いかなる――？」

と、家康はいいかけて、ふと眼を女たちの背後にやって、

「あの男は？　半蔵」

ときいた。そこにもう一人、若い男が坐っていたのである。

家康は、武芸練達の男三人、色道至妙の女忍者三人を選抜引率し来たれと服部半蔵に命じたはずだが、この男がもう一人加わっていて、しかも女の側にいる。

「あれは雪ノ外記と申す男でござりまするが」

「房術の」

「なんの師匠」

「くノ一どもの師匠で」

「雪ノ外記」

もういちど改めて家康はその男を見つめた。

髪かたち衣服から男とは見えるが、顔と姿態からはまったく女だ。美男にはちがいない。しかしふつうの美男ではなく、それこそ女としか見えない柔らかさ、ナヨナヨした感じがあって、それどころか、女以上に女らしい妖気、さらにいえば無気力、影の薄さ、哀れっぽさが全身にからまりついている。

それが何か口の中でいって、それもいい終えず、ただ頰(ほお)をぼうと染めて、からだをくねらせながら平伏したのを見て、さすがの家康も、

「……きみの悪い男よの」

と、眼をしばたたいた。半蔵も苦笑した。

「実はこのたびの御諚(ごじよう)を承(うけたま)わり、是非とも申しあげたいことがあると申し、本人がまかり出たものでござりまするが、ふだんろくに口もきけぬ男ゆえ、あのありさまでござりまする」

「ほ、あの男が、わしに何をいいたい？」

「本人に代って申しあげますれば、要するにこのたびの——剣か女か——という御諚に、いかなる御用かは存ぜず、もしその両者いずれを御採用遊ばすか、いまだ御決着なされぬとあれば、是非くノ一をお使い下されまするよう、お願いに推参つかまつりたいと申したて。——」

「房術の師匠とな。——」

家康も、決して笑うべからざる用件で呼んだはずなのに、この場合、いささかニンガリとせざるを得なかった。

「伊賀はそのような専門家をも養うておるか」

「くノ一のわざは重う見てはおりまするが、この雪ノ外記の場合は天性のもので——つまり、この外記、幼少時より女に似て、あのほうのことばかり興味を抱く、拙者から見ても奇態な男でござりまする」

三人の男は、外記をジロリと見て、声もなく笑った。明らかに大軽蔑の笑いであった。すると外記はたたみにひたいをつけたまま、小さく——いとも女性的な声でいった。

「剣か女か——というような御用ならば、女のわざが勝つにきまっております。

いえ、剣を以てせねばおさまりのつかぬと思われることでも、女を以てすれば、はるかにたやすう事がおさまるもので、これは私の信念でござりまする。何とぞこのたびの御用、くノ一にお申しつけ下されたく。――」

「信念とぬかした」

我孫子監物がついに声をたてて笑った。

「外記の口から、はじめてそんな言葉をきいた」

「このたび、なんでまた突如として発憤しおったか。――」

と、轡左平次と平賀蔦兵衛もあざ笑った。半蔵が叱った。

「これ、御前であるぞ。ひかえおらぬか」

「いや、剣のわざか、女のわざか、それきかぬ前ならともあれ、房術は武術にまさる、などと途方もない広言を耳にした以上、あれら面目にかけてひかえてはおれませぬ。何とぞ、このたびの御用、拙者どもに。――」

「――して、いかなる御用でござりましょうや」

と、半蔵に見あげられて家康は、

「それが、わしとしたことが、まだ迷うておる」

と、重くいったが、すぐにきっとなって、

「越後の上総介のことよ。あれの行状、半蔵もきいておるであろう」

と、いった。半蔵は粛然とした。

「これより申すこと、いうまでもないが伊賀者ゆえきかせることじゃ」

「……はっ」

「思えば、あの倅（せがれ）、数年前老臣どもが訴え出たときに成敗すべきやつであった。……そのとき、ふと、見どころがないでもない、と買いかぶったことを、いまにしてわしは悔いておる」

半蔵は、心中、戦慄（せんりつ）した。時と場合では骨肉をわけた人の処断をも辞さぬ大御所とは承知しているけれど。——

「信康、秀康、そしてあの忠輝と、わしにはヒョイとあのような鬼子が生まれる。いかなればこのわしの子に、かかる凶暴の血を持つ者が出るかと、わしはふしぎでならぬ」

と、家康は長嘆息した。しかし、これは、天下の何びとの眼にも寛仁大度の長者と見えるこの大御所のからだに、たしかにどこか混っている血脈なのだ。

「さて、いま越後に於て介（すけ）のしておる仕置、まことに呆（あき）れはてたる暴挙、正気の沙汰（さた）とは思われぬ。本来ならば、わが子とはいえ、徳川のためにわしみずから赴いて成敗すべきところじゃが」

　考え考え、家康はいう。

「いま、きゃつを大っぴらに討つことはさしさわりがある。大坂の手前」

　大坂とは、豊臣家のことだ。この年十月、わずか二、三か月あとにいわゆる冬の陣がはじまったのだから、この時点に於て家康の懊悩は察するにあまりある。

「さればとて、介の処置をあとに廻すことのならぬわけがあるのじゃ。きゃつのこのたびの行状、たしかに天性もあるが、またあれは以前より、わしが大坂と事を構えるのに反対しておる。捨ておけば自潰する大坂に手を出すのは愚の骨頂と申すのだが、しかしいまに至って左様な異論を唱えても徳川に何の利もないことは百も承知のはず。それよりもきゃつ、上方とのいくさを眼前に北国で騒ぎを起し、徳川を動揺混乱させ、あわよくば一旗あげんと狙うておるのかも知れぬ。あれは、将軍とはそりが合わぬ。そのような大それたこと、発心しかねぬやつだ」

　老いて、残り少ない奥歯が、ぎりっと鳴った。理も非も超えて生涯の大事の総仕上げをしようとしているこの父に、いま背後からわけのわからぬ騒ぎを起している子に対し、その眼にあるのはいらだちと憎しみの光のみであった。

「とくに、介が城の大手門外に立てたという高札、越後のためにあらず天下のためにこれを行うという文言は、あきらかに越後の士民を相手にいっておるだけの文言ではない。邪魔をするやつは無刀を以て慴伏するという言葉も、あれは大坂の事についていてわしを諷してておるのじゃ」

暗くひかる眼が、三人の忍者を見すえた。

「討てるか、介を」

さしもの三人も、頭髪が逆立つ思いであった。この大御所は、おん子を討てるかと仰せられているのだ。

「きゃつ、わしがかような暗殺の刺客を向けるかと、それまで承知しておるぞ。天下、われと思わん者は見参せよ、という広言がそれじゃ。あれは公儀に挑戦しておるものとわしは見る」

三人は頭をふりあげた。

「大御所さまの御下知とあらば、例え相手が摩利支天でおわそうと」

「――とは一応、ほぞをかためたが」

と、家康はふいにまた伏目になった。

「もとより、得べくんば避けたい。いや、その前に打つべき手はないか――と、わしは思案した。それが、女じゃ」

と、こんどは三人の女のほうに眼をやって、

「おまえら、介をとろかす自信があるか」

といった。

女たちは黙っていたが、家康はならんだ三つの顔の眼に、ぱっと六輪の妖花がひらいたような気がした。

「とろかして、介に果して叛意（はんい）があるか、それともたんに増上慢が過ぎての乱心沙汰か、それつきとめい。――おお、いまのところ、このほうが先決じゃな」

迷っていた大御所も、ようやくおのれの心を定めたらしい。

「その探索次第で、きゃつの処置も決めるが――きゃつか、おまえらの媚術とやらに溺れ、とろけつくして阿呆にでもなったほうが、むしろこの際徳川家のため

――できるか？」

三人はこっくりとうなずいた。

「半蔵、くノ一をやるぞ」

「かたじけのうござりまする！」

服部半蔵よりも、雪ノ外記がくねくねと腰をくねらせていざり出た。

「おん骨肉の上総介さまをお手にかけられるなど、左様なむごいことは、承わる

も恐ろしや。まず、まず、まず。――」

と、息せき切っていうのを、三人の男の忍者たちは片腹痛げに、無念げににらみつけたが、自分たちに命じられかけた御用が御曹子暗殺という驚天の大事だから、いまそれを強引におしのけて主張する勇気はさすがにない。

雪ノ外記は、この場合に、実に色っぽい流し目で三人の女を見やっていった。

「わしが丹精した伊賀のくノ一の本領、奥の手をふるうはこのときにあると思うてくりゃれ。男の衆にうしろ指さされて笑われてはならぬぞえ」

四

妙高にはまもなく雪が来るだろう。――その北麓(ほくろく)から日本海へかけて流れる荒川の流域、すなわち頸城野(くびきの)はいま秋のさかりであった。

ここに忽然(こつぜん)として出現した城下町、高田。――侍町はもとより、寺院、神社、町家などすべて福島や春日山城下から強制的に移住させられたもので、しかしこの新しい町の建設者が江戸の将軍の弟だから、そのさかんな槌音(つちおと)にも特別の活気がある。

この町そのものの移転という大事業も、例の蟻（あり）の世界の職蟻とサムライ蟻のごとく奴隷の大群と監督者に分かたれた人間たちによって行われたのだが、これが領主みずからの認定の結果で、しかもこの領主の威令は骨身に徹しているから、秩序整然ときわめて能率的に行われた。

移動はなお継続中であるが、いまは少くとも外面的には、民に嘆きの色はない。若い太守の豪快さが心理的に伝染したということもあるが、具体的にはこの新しい町の建設の景気をあてこんで、諸国から無数の芸人たちが入りこみ、路傍や辻々（つじつじ）で鉦（かね）や笛をはやしたてるのが、働く人々のなぐさめともなり、はなやぎともなっているからであった。

その中に、踊りの一座があった。このごろ京や江戸ではやっている阿国（おくに）かぶきのながれをくむものであろう。一座といっても、踊るのは女三人、あと四人の男は囃子方（はやしかた）だが、そのたった三人の踊り子のたぐいまれなる美貌（びぼう）が人々の眼を見張らせた。

日々、城外に出てみずから町づくりの采配（さいはい）をふるっていた上総介の眼にこれがとまった。

それでなくても、男女を天地人に分けて、「天」の女はすべて城に入れていた上総介が、これを見のがすわけがない。かくて、七人のかぶき者は、否やはいわせず城へつれこまれた。——七人の伊賀者は、まんまとめざす高田城に入ったのである。

第一夜。

上総介の閨（ねや）には、お綱が侍（はべ）った。

まことに自然な手順で、これを日輪の運行のごとく当然と心得ているらしい上総介の顔つきに対し、お綱はついつりこまれて、かすかな抵抗やはじらいの演技を、自分の理性に思い出させるのに苦労した。

その抵抗とはじらいの演技を完全に無視して、上総介は両手でぐいとお綱の襟（えり）をひらいた。くつろげるといった程度ではない、腹までまるだしになるほどかきひらいたのである。

「ふうむ。……」

まなじりのさかさまに裂けた眼をほそめて笑った。誕生のとき家康を恐怖させた先天的の例の眼だ。まなじりが逆に裂けるとは、常人は上瞼（うわまぶた）がかぶさりかげんに眼尻（めじり）が切れているものだが、これはそれが上下反対に切れ上っているので、ちょうどアイラインをそのように引いた眼のかたちであろう。

「天じゃな」

「越後で子を生めや」

「は？」

「越後に住めや。その美しい顔、このみごとなからだ。是非、越後の国に伝えたい。――」

やっとお綱は上総介の例の交配政策を思い出した。

「殿さま。……」

「なんじゃ」

「越後とはいわず、わたしはこのお城で殿さまのお子が生みとうございまする。……」

これは半分本気であった。遠望すれば恐ろしい顔だ。近くで見ればいよいよ恐ろしいはずだが、こう手に手をとって相対すると、切れあがってぎらぎらとひかる眼、厚ぼったくぬれている唇（くちびる）、黒いあぶらを塗ったような皮膚、無数の瘤（こぶ）から出来上っている筋肉が、女にとって酒を燃やした炎を吹きつけられるような快感を与える。

が、あとの半分は、いかにも旅の踊り子らしい無恥の演技と――そして、むろん、自分の美貌と肉体に対する絶大な自信だ。

お綱は活気にみちたよくうごく眼と唇と、そして女豹(めひょう)のような強靭(きょうじん)な肉を持っていた。乳房など、たたけば鼓に似た音を発するのではないかと思われた。

その肢体で、彼女は倍ほどもある上総介(かずさのすけ)の巨軀(きょく)にからみつき、ひき倒した。

「ううむ。……」

一気に入って、上総介はまたうなった。

「よく、詰(つま)っておる。……」

この感覚の表現は、お綱にはよくわかって、彼女は嬌笑(きょうしょう)をあげた。

ふつうの形容を以てすれば、まさに豊潤(ほうじゅん)甘美としか譬(たと)えようのないその肉と粘膜は、さらに異様な機能を持っていた。世にいわゆる巾着(きんちゃく)と称せられるものだが、それに加えてこのくノ一は、全身の筋肉に自在に弛緩(しかん)と緊張の波をわたらせるのだ。乳房さえも、その容量を倍の差で交代させた。そして。――

すばらしい絞搾(こうさく)力を持った女は必ずしも稀(まれ)ではないが、しかしこれを発揮する場合、全身の筋肉もまた緊張しないわけにはゆかない。しかるにこのくノ一は、それを逆にした。一方でゆるめば一方でしめつけ、一方がしめつければ一方がゆるんだ。いや、からだじゅうの肉が、数十個所にわたり、緊張と弛緩の変幻自在の無数の渦をひろげ、交錯させているようであった。かくて男の全身の触感は応接にあえぎ、惑乱し、翻弄され、酩酊したようになってしまう。

「おおっ——おおっ——おおおっ」

上総介はけものに近い声をあげた。

お綱はこの夜を以て、永遠にこの殿様を肉の虜とするつもりであったが、快美に悶絶せんばかりになっている上総介に、今夜のうちに探索の手を入れてもいいのではないかと思った。そもそも彼のこのたびの政策は、たんに大名としてやりたい放題の所業か、それとももっと大事を企んでのことか。——

「殿さま」

「なんじゃ」

「お好きでござりまするかえ？」

「なにが」

「女が」

「あたりまえだ。世に女のきらいな男があるか」

「あの、御領内の美しい女をみんなお召し抱えになるというのは、ただそのおためでござりまするか。それとも、もっと大きな望みのために。——」

「やりたいから、やるだけじゃ」

「………」

「わしは、やりたいことをやる。人のこの世に生まれて来た甲斐は、やりたいことを我慢することにはない。やりたいことをやるにある。わしのやっておることは大名なればこそやれることだとは百も承知じゃ。だから、大名だからやれることとは、やる。——色道に於てもじゃ、余はその深淵をさぐりあててみたい。剣の道もそうであった。その奥義をきわめつくし、無刀の極意を会得したことから、人間、その気になればやれるものだという自信がついた。これを女色に於ても試みたいというのが、余の念願である。——」

いっていることは本心らしいが、お綱のききたい壷からはちょっとそれているようだ。

「おまえ、しかしただの女ではないな」

「え？」

「越後に、おまえほどの名器を持っておる女は一人もなかったぞや。——」

そのことか、と安堵するとともにお綱は、どうやらこの殿さまは、ただ女色をほしいままにしようとする放恣放逸の暴君にすぎないらしいと判断し、ともあれ今宵のうちに、完全に虜にしようと、絞搾機能にうねりを起し、豊潤甘美の波をわたらせた。

「……あうっ——」

さけんだのは、お綱のほうであった。

輪走する筋層が絞搾しようとしたものが、突如倍以上に膨脹した。ひょっとしたら力学的反動でそう感覚されたのかもしれない。——いや、たんなる感覚ではない、はずみというものは恐ろしいもので、その刹那、輪走筋が縦に断裂した！

「……や」

と、上総介がさけんだ。

「しまった、壊したか、せっかくの名器を。——」

とび離れた上総介を鮮血が追い、お綱は褥に弓のように反って苦悶していた。

——上総介は慨然としてつぶやいた。

「ああいかん。つい無刀試合の極意が出てしまったわ。——」

第二夜。

上総介の閨にはお麦が侍った。

お綱が廃人となったことは承知しているが、上総介がすべてを看破してそうされたのかというと、お綱は否定する。そうとは思われないが、ただ色道にかけては魔人ともいうべきお方ゆえ、そこはよう心得や——とお綱は息たえだえにいうのであった。たとえいかなる危険を予想されても、任務とあれば敢然としてかけむかうのが伊賀のくノ一の本領である。そうときいては、いよいよふるい立たざるを得ない。——

「ふうむ、これも天」

上総介は全裸のお麦を見て、眼をほそめた。入った。

これは世に印伝(いんでん)と珍重されるものであった。まるで羊の皮をなめしたような感触——しかも、お麦の場合、これが全身にわたってそうなのだ。なめし皮というより、柔かい蠟(ろう)のようで、それが熱せられるとともにトロトロと、上総介のうちももや、わきの下まで、ふつう触れ得ないはずの部分までまつわりついた。

「おおっ——おおっ——おおおっ」

上総介は忘我のうめきをあげた。

その上下するのどぼとけにお麦の唇がひたと吸いつけられた。二枚の貝のような唇のあいだから、舌が微妙にのどをくすぐった。

「殿さま」

お麦の声は二つの鼻孔からもれる。唇、歯は動かさないで、彼女はいった。腹話術に似ているが、ちとちがう。……伊賀忍法「風こだま」

「殿さまの女好きは、ただ女が好きなだけでござりまするか？　どうぞ、御本心を明かして下さりませ」

唇が吸い、舌が押した。上総介ののどぼとけを。

「ほ、本心か。――」

と、上総介はいった。

「風こだま」の真髄はたんに術者の声を鼻からもらすにとどまらない。それは相手にものをいわせる。ただ法悦に夢見心地になって本心を吐露するのではなくて、舌と唇の微妙なふるえが、相手の声帯を動かせて、いかに抵抗してもその本音を吐かせずにはいないのであった。

「本心は」

と、あえぐような声がいった。

「上総介さまの御本心を探るにある」

声はお麦の鼻から出た！

なんたること——風こだまは逆にお麦の口から鼻へ吹きぬけたのだ。上総介ののどぼとけの起伏は、彼女の唇と舌を動かせて、思わず知らず彼女の本心を声としてもらしはじめたのであった。

「わたしは駿府から来た伊賀のくノ一」

上総介は両腕で松葉型に女の上半身をひき離した。

「ふうむ。……これは驚いた」

恐怖にそれこそ白蠟みたいにかたまってしまった女をつらつら眺めいって、まなじりのさかさまに切れ上った眼をほそめて、にたっと笑った。

「そうとは知らなんだ。してみると、いまのおまえの所業は忍者の極意か。道理で、余の無刀の極意が触発された。相手の武器、武技を逆に使って勝つという。——極意には山彦のごとく極意を以て対す。ふうむ、余のわざも、どうやら無想の域に入ったわい。……」

みずから大感服のていで長嘆した。

「駿府からかような使者が来るかも知れぬとは覚悟しておったことだ。考えてみれば驚くことでもない。……そうと知れば、いっそう面白い。西瓜をな、塩をつけて食うといよいよ甘いようなものだ」

いったかと思うと、いきなりふたたび、ぐいと抱きしめた。

「女、正体知った上で、もういちど味わわせてくれ」

それから一夜、どのような光景がくりひろげられたか。翌朝になるとお麦は――発狂してしまっていたのである。

快美のあまり脳細胞が蕩揺しつくして分解し、脳神経が白熱し切って燃えつきたので、これを迎えた伊賀者たちが何をきいてもニタニタ笑い、精神状態のみならず、動作も姿態も何かとろけかかった白蠟みたいに弛緩していた。

「あのお方は天」

「…………？」

「てん、てん、てん」

「…………？」

どういうわけか、お麦はこれを鼻からの発音でつぶやきつづけるのであった。

お綱といい、お麦といい、ただごとでないことが起ったことは明らかなのだが、さて上総介は何もいわない。彼ら一行を見る眼も、それまでと同じような活気があって、しかもさほど特別の興味も警戒心も持っているとは思われない。――召されれば、お唐を捧げねばならぬことは、最初からの軌道の通りであった。

「どうする？　外記」

「くノ一のざまはなんじゃ、あれは」

「うぬの信念とやらはどうした」

三人の男の忍者に嘲笑（ちようしよう）されて、雪ノ外記は頭をかかえ、うなだれて、懊悩のていであったが、やおら、一人、城からどこかへ出ていった。

数刻にして帰って来て、お唐を呼び、

「やはり、露見したにまちがいはない、とのお頭の御見解じゃ。もはや、やむを得ぬ、上総介さまを空（から）になし参らせよ——との、おゆるしが出た。召されれば倖（さいわ）い、上総介さまを空印籠（からいんろう）の忍法にかけやれ」

と、必死の顔でいった。

第三夜。

上総介は平然としてお唐を召した。

お綱のピチピチした鮮烈さ、お麦のねばっこい幽艶（ゆうえん）さにくらべると、美貌という点ではこのお唐が一歩をゆずるかも知れない。ただしそれは一見のことだ。何分もじっと見つめていれば、百人の男が百人、必ずこのお唐をえらんだであろう。えらぶというより、男は吸引されずにはいられない。——まるで食虫花に対した虫のように。

いちばん特徴的なのは、ややまくれかげんの、ふっくらと濡(ぬ)れた唇で、それを見ているうちに、男はくらくらと目まいがして、全身が吸い込まれそうになる。唇のみならず、実に彼女は世に蛸壺(たこつぼ)と称せられる名器の所有者であった。巾着は絞めるが蛸は吸う。そして吸いつくのみならず、男の精を事実上からからになるまで吸いあげて、はては血液を吸いとられてもなお男は逃れることを忘れているというのは、これは明らかに忍法以外の何ものでもなかった。

「や……これまた天。いや天の上の天。なぜ最初におまえを呼ばなんだか？」

入って、彼はいった。

「伊賀のくノ一、おまえはいかなるわざを見せる？」

お唐ははっとした。

「いや、気にすな、気にすな」

と、上総介はいった。

「お綱とやらお麦とやら、あれも余の知らざる一乾坤(けんこん)を味わわせてくれた。それを思うと、おまえらをよこした駿府のおやじどのに心から礼を申したい。おまえの味わわせてくれるのはいかなる極楽じゃ。余は死ぬ覚悟で剣を学んだ。同じく道のため、色道の至境に至りつくしてたとえ魂をあの世へ飛ばそうと、また本懐とまで思うておる。……おおっ――おおおっ――おおおおっ」

彼は突如として異様なうめき声をあげ出した。

驚愕はしていたが恐怖のひびきはなく、すぐにそれは悦喜歓喜そのものの咆哮に変った。――お唐は、いまの上総介の言葉をきくまでもなく、最初からこの太守を乾しあげるつもりでいる。

忍法空印籠――それはたんに一時的に男をいわゆる腎虚の状態へおとすのみならず、その精嚢の組織をすら破壊し、爾後彼を廃人化させてしまう。肉体ばかりでなく、思考力も白痴にひとしいものにし、さらにその挙止を何やらグニャグニャと女性じみたものに変えてしまうのであった。

「……あうっ」

さけんだのは、お唐のほうであった。

吸いあげたものが逆流するのを彼女は感覚した。たんに逆流したばかりか、それにひきつづいて彼女自身が吸引された。何が吸われたのか、女に吸われるものがあるのか、それは彼女も知らない。とにかく子宮のあたりから脊髄へかけて、凄じいばかりの快美を伴った流出感がつらぬくと、次の瞬間、お唐は脳髄までがからっぽになってしまった。

ただそう感じたのみでなく、事実お唐はそれっきり虚空をつかんで魂を失っていた。——死んだのである。

「……や、また出たか、無刀の極意。——」

身を離し、この女の姿を見下ろした上総介の眼には、率直(そっちょく)に驚きの色があった。

それがしだいに哀惜の思いにかげっていった。

「無念残念、こやつは越後に子を残させたかったに。……」

五

一人目は廃人と化し、二人目は狂人となり、三人目に至っては落命してしまったくノ一たちの運命をまざまざと見て、四人の伊賀者が恐慌状態に陥ったのは当然である。

「こ、殺しなされたとは！」

最も恐怖の動顚(どうてん)を見せたのは雪ノ外記であった。

「われらの正体、見破られたとは覚悟しておったが、とうとうお唐を殺しなされたとは、恐ろしいお方、みなの衆、城を出よう。城を出て、お頭と談合しよう」伊賀のくノ一の本領を発揮するはこのときにある、男の衆にうしろ指さされるな、と女たちを鼓舞した言葉はどこへやらだ。

三人の伊賀者もうなった。逃亡は忍者の恥とはならないが、この場合は逃げられない。目的を一切果たしていないからだ。

それに上総介がけろりとした顔をしているのがその心事不可解であるし、知っていて知らない顔をしているのなら、いよいよ以て無意味無計算には逃げられない。

お唐の傷のない屍体(したい)が返されてから三日目。――立往生している彼らのところへ、果然、上総介からお召しの声がかかった。

三人の伊賀者は顔見合わせたが、雪ノ外記が顔色変えてワナワナとふるえているのを見ると、

「参ろう」

と、うなるように、しかし決然とうなずき合った。

三人は決死の思いをさりげない表情に沈め、一人はこれはありありと屠所(としょ)にひかれる羊のごとく上総介の座所に赴いた。どこぞ、然るべきところに然るべき武

士どもが埋伏(まいふく)しているはず——と、からだじゅうの毛を立ててみたが、何の剣気をも感知し得ない。

松平上総介は、縁側に大きな円座を敷いて、あぐらをかいて、庭に乱れる秋草を見ていた。

案内して来た小姓に、

「少し内密の話がある。退がってよい」

と、いう。——小姓が退がると、

「その方がよかろうが。伊賀者」

と、大きな歯を見せて、にたっと笑った。

四人の伊賀者は、縁側に少し離れて、二列になって、ぴたっと平蜘蛛(ひらぐも)のごとく伏していたが、そのうち三つの背中に、眼に見えぬ波のような殺気がわたった。——ついに上総介は、彼らの正体を名ざしで呼んだのである。

「駿府の大御所から、何をきいて来たな？」

と、上総介はいった。

我孫子(あびこ)監物(けんもつ)がしずかに顔をあげた。

「恐れながら、ただいまの御行状お改め下さらぬときは。——」

そして、いちばんうしろに平伏していた雪ノ外記など、たまぎるようなさけびをあげたいほどの言葉を、監物は発した。

「御命頂戴つかまつれと。――」

これは必ずしも命令逸脱ではない。くノ一を以て上総介の真意をたしかめる、或いは色呆けとする。これが失敗したときは、伊賀者の匕首を以て処理することはやむを得ぬと、これは首領半蔵が家康から確約をとり、さればこそ彼らがくノ一とともに越後にやって来たのだ。

むろんこれを実行に移すには、城外にいる半蔵から改めて許可を受けるのが順当であろうが、しかしいまの場合、それと連絡をとるいとまがない。

そして、我孫子監物が独断でついにこの語をはなったのは、しょせんこの行動に出るより、この場をのがれる法はない――と見きわめたからであった。いや、上総介の心は知らず、どうみても上総介一人しかこの座にいないいまこそ、使命を果たすべき絶好の機会である。――

監物がいったとたん、並んでいる平賀蔦兵衛が座敷の方へ、そのうしろに雪ノ外記と並んでいた轡左平次が庭の方へ、一瞬飛び移る態勢を見せた。――三方から上総介をとり包もうとしたのである。

それがそのまま静止してしまったのは、自若たる上総介から発する豪宕無比の迫力であった。

「おやじは、そこまで申したか。ふうむ」

と、いった。いささか憮然たるおももちで考えこんでいる。

その首をめぐらして、

「やるか」

と、うす笑いしていった。

あまり恐怖というものを感じたことのない三人が——しかもいまみずから挑戦した三人が、その背に水のようなものが走るのを覚えた。

「ところで、相談がある」

「……は?」

「一人ずつにしてくれぬか?」

「……は?」

「実はな、余は先年来、伊藤一刀斎なる一剣客から剣法を学んだ。そのおりその者から、刀術の至境は無刀にある、そのほうの工夫をなされといわれてな。爾来、いろいろと工夫を重ねて、このごろに至って、ようやくみずから極意らしきものをつかみかけたように思う。……であるから、その方らにも無刀を以て相手する」

「……は？」

「だいいち、あの高札の広言の手前にも、刀はとれぬわな。ただし、正直にいって、まだまだ至らぬところがある。なお工夫したい気持があるのじゃ。で、一人ずつと申したのは、その方らを一人ずつていねいに扱ってみて、修行の資にしたいのじゃ。もっとも、これは余の望みであって、その方らがどうしても三人でかかりたいと申せば別、相談というのはここのところじゃ」

うす笑いは浮かべているが、さればとて決して人を小馬鹿にした顔ではない。きわめて真率（しんそつ）な、熱心な表情である。いったいにこの上総介にはそういう熱中性があって、そこが勇猛無比の相貌（そうぼう）と合わせ、人に一種名状すべからざる迫力を与えるのであった。

三人は顔見合わせた。――いっせいに、

「かしこまってござる！」

といった。

まるで子供のようだが、彼らとしても上総介の迫力に打たれたにはちがいないが、決して恐怖ではなく、むしろ彼らにも同様に研究熱心な性状があるために、思わず共鳴現象を起したといえる。忍者に武芸上の面目はタブーだが、無刀を以て相手するといわれれば、もともと自信満々たる彼らだけに、むろんこの場合、いやだといえるものではない。――

「ようきいてくれた。――では、庭がよかろう」

上総介はぬうと立った。

「どやつが一番手じゃ」

「拙者が」

すでに庭へ向う姿勢にあった轡左平次が、片膝（かたひざ）立てると、腰にさしていた尺八を抜きとった。

尾端を押すと、そこから同寸の竹がスルスルと出、それをしごくとさらに同寸のものが内部から三重、四重に出て、みるみる二メートル以上もの棒となると、その先端に、錐（きり）のように細いがたしかに五十センチあまりの穂先がキラリとつき出した。

「ふうむ」

上総介は感心したようにそれを眺めた。

「妙な道具を持っておるの。……しかし、使いよいか」

ちらっとこんどは座敷の長押に眼をあげて、

「使い勝手がよければよいが、何ならあそこに村正があるぞ」

といった。

村正といったが、槍である。村正が打った槍である。しかし——刀ではないにしろ、村正は徳川家に祟りをなすという伝説はすでにこのころからささやかれていたが、その村正の槍を平然と長押にかけておくとはいかにも上総介らしい。

轡左平次はおのれの忍び槍を見、長押の槍を見た。

「しからば、拝借」

というと、そこへ走りかかってその槍をとった。忍び槍はしょせん間に合わせの、奇具であって、この相手に対しては本身の槍を以て正攻法をとるにしかずと判断したものであろう。——鞘を払うと、まさに村正たるを疑わせない妖光がギラと発した。

本身の村正をかかえて、左平次は庭へ飛び下りた。

上総介はそれを追ってこれも庭へ下り立ち、秋草の中を歩き出した。ゆっくり歩を運んでいるのに地ひびきをつたえる巨体であった。

「ここらでよかろう」

立ちどまる。まさに無手である。

これに対して轡左平次はピタと槍をかまえた。——承知はしていたが、さすがに怒りに満面さっと朱を刷いた。

忍び槍が奇具であるように、伊賀の槍法にも奇道がある。しかしそれはむろん槍術の基本を踏まえてのことだ。正法奇法おりまぜての忍者の槍には、なみの武士よりもっと凄絶な、ただちに彼我と死の核心に入る勁烈さがあった。しかし、相手は無手である。奇道奇法もない。槍を真っ向からかまえて、

「きえーっ」

人間の声か槍のうなりかわからない音響であった。槍は逃げもかわしもならぬ電光の速度で、上総介ののどもとへのびた。

ぴしいっと異様な音がした。

槍の穂は上総介の両掌で拝み取りにはさみとられていたのである。

穂の作り込みは正三角形であったが、むろんその角度は六十度ずつ。これでも物に触れれば充分に切断する村正の鋭さだ。それを両掌をまるめてはさみこんだ上総介は、くるっとねじった。

ねじったことがわかったのは、轡左平次だけであったろう。手がすべりかけて、

反射的にねじ戻そうとする。その刹那、槍はふたたび逆にねじ返されて、しかも彼自身の方へビューッと押し戻された。これが一瞬のことであり、しかも突きかけた槍と同じ速度であった。

腕一杯のばした槍の石突きは、左平次の胸の前にあった。その石突きが、彼自身の力をも利用して、旋風のごとく回りつつ戻って来たのである。――反動の恐ろしさ、それは左平次の胸をめがけて、石突きが背に見えるばかりにつらぬき通った。

上総介は手をつき離した。どうと仰向けに倒れた轡左平次の胸に、村正の槍はゆれつつ宙天に立ち、すぐにまっすぐに動かなくなった。――穂の光を秋の蒼天に篏めこんだように。

「うまくいったな、無刀試合。……」

と、上総介は両掌をのぞきこんだ。ちらと血の色が見えた。さすがに穂を回旋させるとき掌の肉を破ったらしい。――それも意に介さぬ風で、

「二番手は？」

と、こちらに顔を向けた。

「――拙者が」

我孫子（あびこ）監物（けんもつ）が縁側から下り立った。

腰にさした短い脇差（わきざし）に手をあてがって歩いてくるのを、上総介は見やって、

「それでよいか。余が刀を貸してやろうか」

と、いった。

「いや、拝借のものは――」

監物はくびをふりかけて、ちょっと考えこんだ。眼には見えなかったが、結果から見ていまの左平次の敗北は、三角槍をねじられたと見るよりほかはない。あれが平三角の槍ならねじられることはなかったろう――と思ったが、刀ならば刃をねじられるなどということはあり得ない、と判断した。

彼はいい直した。

「あいや、恐れながら拝借いたしましょうか」

上総介はいとも無造作に腰の大刀を抜きとって、ぽんと投げた。

おしいただいてから、監物は抜き払い、鞘を地におき、左手に持ちかえた。それから右手をおのれの脇差の柄（つか）にかけた。

「……ほ」

見て、上総介の面（おもて）に苦笑がわたった。

「余の刀に細工があると思うたか。……さすがに忍者は疑(うた)ぐり深いの」

　あきらかに監物は、借りた刀を予備に使おうとしている。——が、べつに彼はそこまで疑ったわけではない。

　自分の刀に対して上総介がどう出るか、無刀を以て立ち向う以上、ともかくも相手は何らかの法で自分の刀を受けとめるよりほかに考えられない。げんに上総介は両掌で左平次の槍さえはさみとめている。まさか刀を槍のように掌の中で回転させるわけにはゆくまいが、万が一、止められたとき、間髪を入れず第二の襲撃を送れるように——彼が上総介から刀をもらったのはそのためであった。

「伊賀者我孫子監物。——大御所さまの御諚により、お手向いつかまつる！」

　彼は刀の柄に手をかけたまま、ジリジリとにじり寄った。左腕のこぶしはその鍔(つば)もとにあてられて、上総介の大刀はななめ横にニューッとかまえられている。

「二刀を使うか、伊賀者」

　上総介はくびをかしげた。ひどく研究的な眼色で、

「二刀は余も試みてみたが、結局一刀の力を半減することになるぞ。……さればこそ、わが刀法をわざわざ一刀流という。——」

と、いった。

が、我孫子監物の全身から放射される剣気はただものではなかった。人間というより動物的なそれであった。おそらく抜刀術のわざも、なみの剣士をはるかに超えているであろう。――決して傲らぬ服部半蔵ほどの者が、あえて大御所の前で、これに太刀打ちできる者は柳生道場にも三人とはあるまいと保証した我孫子監物の刀術であった。

「くわっ」

引っ裂けるような声がした。

そのたっつけ袴をはいた足が地を蹴り、秋草の上を二メートルも翔けて、宙天から彼は上総介に躍りかかっていた。むろん、空中で腰の脇差から銀蛇がほとばしっている。

ピーン。

異様な手応えを脇差のきっさきに感覚し、それが停止したのを知覚した刹那、彼の左手の大刀は上総介めがけて横薙ぎに送られていた。

これまた宙で止まった。これは彼の生命が失われたからであった。監物の脇差は下から叩きあげられて、逆に円光をえがき、峰の方ながら剣尖でおのれの頭を割りつけていたのだが、何がどうしたのか、生きているあいだついに彼にもわからなかったろう。

二つになった投頭巾（なげずきん）と血しぶきをまいて草の中へ転がりおちた我孫子監物を見下ろして、

「何とかいったな、無刀試合。……」

と、上総介はつぶやいて、じぶんの右手の親指の爪（つめ）を見ていた。

彼は監物の剣尖をその爪ではね返したのである。実に何といっていいかわからないほど凄じいわざだが、はね返された監物の一刀は、まさに監物自身の頭を、かぶっていた投頭巾もろとも斬り割ってしまった。——

「三番手」

と、いう。爪の先から、血がしたたり出した。

「……心得てござる。平賀蔦兵衛（つたべえ）」

蔦兵衛は庭へ下り立った。

さすがにやや顔が鉛色（なまりいろ）に変っていたが、その動きになんら逡巡（しゅんじゅん）のようすの見えないのは、徳川名代の忍者としてあっぱれなものだ。僚友二人の死を眼前にして、その姿にはかえって血ぶるいするような闘志が見える。

帯のあたりから、黒い縄（なわ）のようなものをスルスルとたぐり出した。金属的なひびきがした。それが分銅をつけた鎖であることはすぐにわかった。腰にさしていた一本の太鼓の桴（ばち）をとった。パチンという音がすると、それは一丁の鎌（かま）になった。鎌の柄に、さきの鎖をとりつける。——

彼の手に忽然（こつぜん）として鎖鎌が出現した。

曾（かつ）てこの平賀蔦兵衛は、むろん修行にはちがいないが、この鎖鎌を以て轡（くつわ）左平次の槍、我孫子監物の刀を破ったことがある。地を疾走する犬や猫（ねこ）ですら自在にとらえる彼の鎖であった。

その鎖と鎌をとって立って、はじめて蔦兵衛の顔に狼狽のさざなみが走った。

もとより彼はこの御曹子が実に思いもよらなかった大達人であることを、まざまざと目撃している。そしてまたいま、この相手が特別奇怪な構えを見せたわけではない。——

蔦兵衛を狼狽（ろうばい）させたのは、実にそのことであった。動く剣、動く槍、動く肉体に対しては、彼の鎖はそれこそ生けるもののごとく追う。しかるにこの相手は、ただ巨大な丸太ン棒を立てたように地につっ立っているだけなのだ。こんなばかげた物体を対象に、まだ彼は鎖をあやつったことがない。

が、むろん動揺は一瞬のことだ。

「恐れながら上総介さま、御首級(みしるし)をさずけ給え。——」

　左手に鎖をふりかざし、右手の空に鎖がうなりはじめた。

　そしてその鎖は、一陣の黒風のごとく大気に紗(しゃ)を張ったかと思うと、それが一本の黒縄(こくじょう)となり、上総介の胴に両腕こめてくるくるっと巻きついたのである。

　同時に殺到する蔦兵衛の眼に、くるくるっとからだを回転させる上総介の姿が見えた。

　と見るや——鎖は宙に解け返った。そこから分銅がうなりをたてて飛び戻って来た。それが、いまや相手の首をかき切ろうと左手の大鎌を横にのばした——つまり、あけっぱなしの彼の姿勢と実にみごとなタイミングで、真っ向から彼のひたいを打撃することになった。——

　平賀蔦兵衛の眼に天地が裂けた。彼自身の作った速度にはちがいないが、その分銅はいかんなく彼の脳骨を粉砕したのである。

「……うまくゆくものじゃ喃(のう)。……」

　と、上総介は両腕をなでさすった。葵(あおい)の紋服が胸から背へ、ところどころ裂けていた。

　相手の槍を以て相手を刺し、相手の剣を以て相手を斬り、相手の鎖鎌を以て相手を打ち砕いたこの無敵無刀の剣豪大名は、なお精気躍動してふり返った。

「四番手。――」

返事がないので、縁側の方へ歩み寄ってみると、四番目の男は失神していた。

手を出しかけて、ひっこめ、縁に上って、足でその顔をかるく蹴る。――雪ノ外記はうす眼をあげた。

「おまえは、何をやるな」

「わ、わたしは。……」

外記はふるえ出した。

「わたしはもう負けております」

「いつ?」

「くノ一のときに」

上総介の眼に不審の色が浮かんだ。それはこの男の言葉も意味がわからなかったが、それよりこの男が、果して男であるかという疑惑であった。その恐怖ぶりのみならず、その顔だちや姿態からである。

ぐいと胸に手を入れて、それでも男であることをたしかめると、

「奇態なやつだ」

と、くびをひねった。

ついで、この美しい伊賀者が、先夜のくノ一たちの「房術」の師匠であったという白状をきいて、ついに上総介は哄笑(こうしょう)した。

やおら笑いがとまると、

「斬(き)るか」

と、ひとりごとをつぶやき、また、

「いや、余は無刀を信条としておる」

と、くびをふり、さていった。

「伊賀者、うぬのいのちは助けてとらす。その代り、駿府へ帰っておやじに言え。――余は無刀を以て天下をとることを理想としておる。従って、大御所の大坂攻めには反対である。さりながら、あくまでもこの策、強行なさるとあれば、もとよりおとどめいたす力はない――と思うておった。しかるにいまや、忍びの者を以て余を暗殺なされんとまで覚悟をきめておられることを知った上は、しょせん、余は徳川の天下に生きてゆくことはならぬとほぞをかためた。ただし、いまの余の政治を改める気は断じてない。――と、大御所に告げい。それだけでよい。あとは大御所が考えるだろう。――それに対して、余は無刀を以て、全力をあげてたたかう。どうなるかは知らぬ。とにかく、余の人生は面白うなった。——」

上総介は恐ろしい笑顔を見せた。

「ゆけ、伊賀の房術師」

「そ、そんなことを駿府にいって申せば、わたしのいのちはありませぬ」

雪ノ外記は上総介の足にすがりついた。

「あ、あの、いまいちど」

「いまいちど、何を？」

「くノ一とお手合わせ願えませぬか？　も、もう一人、わたし秘蔵のくノ一を呼んで参りまする。わたしの房術の精髄のような女を」

外記は大変なことをいい出した。虫がいいといおうか、図々しいといおうか、このような提案をする敵の「刺客」があるものではない。——しかし、この半くノ一みたいな男は、自分の非常識も意識しない風で、涙をこぼし、胴ぶるいしながら嘆願するのであった。

「伊賀のくノ一の名にかけて——いいえ、——わたしの房術の面目にかけて——いまいちど、テ、テ、天下無双の松平上総介さまとお手合わせを！」

六

城外には雲水に身をやつした伊賀組首領服部半蔵が、首をながくして連絡を待っているはずだが、そんなものは、すっぽかして、雪ノ外記は江戸へ走った。松平上総介とのいきさつを報告すれば、駿府へゆく前に半蔵の手で首が飛ぶであろうが、外記はそこまで思いをめぐらす余裕はなかった。ただただひたすら、おのれの房術とあのスーパーマンとの決戦ばかりに魂を奪われていた。

彼は伊賀者として生を受けながら、天性、武芸その他忍者に必要な荒あらしい特別訓練がきらいで、恐ろしくて、ただ女だけが好きであるのみならず、女のことすべてがひたすら好きなのである。

ふつうの武士の家に生まれず、忍者の一党に生まれたのが彼の倖せであった。ほかの忍者たちから大軽蔑（だいけいべつ）の眼で見られながら、首領の半蔵からはその存在価値を認められたからである。天性好きな道ではあり、かつは上役から勧奨もされ、かくて外記は「房術」の名人となった。その新しいアイデアの独創力、技術の開発に於て彼は天才的であった。お綱、お麦、お唐などの媚術（びじゅつ）はすべて彼の指導によるもので、彼女たちは彼の最も優秀な弟子のはずであった。

いまや彼女たちは、ことごとく敗れ去った。——そこで彼が思い出し、最後の武器として持ち出そうとしたのは、なんと彼の妻なのである。

彼にも、妻があった。これが服部半蔵の妻の姪にはあたるが、直接伊賀組とは関係のないふつうの武家の娘なのであった。彼自身の信ずるところによれば、房術意識を介在させずして欲した唯一の女性であって、この縁談に半蔵は首をかしげたが、姪のほうが外記の美男ぶりにくびったけになってしまったから、いかんともすることができなかった。

さて、外記の妻、お貞、これが全然忍法なるものを知らない。外記がことさら教えなかったからだ。教えるのを避けたからだ。これだけは、仕事のことを家庭にもちこむことをきらう世間一般の男の心理に通じるものがあったろう。それどころか、外記はことさら彼女を貞潔な存在として崇拝しようとした。それがかえって、外に出ての彼のその道に於ける研鑽の努力の泉となるのであった。

お貞は、彼女自身忍法を知らないのみならず、夫の忍法も知らなかった。ただ彼女は、夫が同輩からなぜか軽蔑の眼で見られていることを感じて、憂鬱になり、気をもんだ。

「あなた、もっと強くなって下さいまし」

しょっちゅう彼女はいった。夫が甚(はなは)だ女性的なことは、彼女も焦(じ)れていたのである。

「御一党の中には、女の忍びもいらっしゃるのではございませぬか。もしできますなら、わたしも加えて下さいまし。わたし、死ぬ覚悟で修行いたします。ね、二人力を合わせて努力しましょう」

彼女はこうまでいった。

外記がこのたびの大御所の密命にふるい立ったのは、彼自身の生存意義もあるが、この可憐(かれん)にして真率(しんそつ)な妻の期待に添おうという心もたしかにあったのである。

そして、まことに意外ななりゆきであったが、ついに彼はこの愛すべき妻をおのれの忍法の祭壇に捧げるほかはない破目に追い込まれた。外界的事情というより心理的な必然性で。

越後高田から江戸まで七十二里。

江戸麹町の伊賀の組屋敷にひそかに帰ると、外記はお貞にこのたびの秘命と破局を語り、そしてお貞の出動を請うた。

「わしが考案して、いまだ試みたことのない新忍法、これを以てすれば必ず上総介さまは破れる。このたびの大役の任は果たせる。それのみか、雪ノ外記の名は、ながく伊賀組に——いや、徳川の歴史に刻まれるであろう。お貞、どうぞわしを助けてくりゃれ。……」

お貞は驚愕し、恐れ、そして泣いた。

しかし、彼女はついにうなずいた。——そして、その忍法が成るか成らぬか、ただちに試験してみたのである。その結果。——

「ゆこう、外記！」

夫の名を呼びすてにするほど、凛然（りんぜん）としてまず立ったのは妻のお貞のほうだったのである。

「越後の上総介のところへ！」

二人は越後へ馳（は）せ返った。

往還百四十四里。これを往きの外記と合わせて十日間ですませたのは、外記はそれでも伊賀組の一員だから納得できるとして、お貞がともかくも達成したのは、そもいかなる魔力が吹きこまれたせいであったろう。

「ほう。……この女人の房術」

三人のくノ一を見たときよりも、松平上総介は眼を見張った。

雪ノ外記がつれて来た女が、美女にはちがいないが、一見しただけで貞潔の化身のような香気を放っていたからであった。

「この女人が、いかなる術を使う?」

「忍法倒蓮華（ちょうれんげ）と申しまする」

外記は以前よりますますグニャグニャとからだをくねらせながらいった。

「倒蓮華、だから、それはいかなる――?」

「それは、おためしのあとで」

「おお、左様か!」

「ただ、これにより殿さまがまだこれまでにお覚えのない世界へお入りであらせられませなんだら、両人ともに首さしのばしてお手討ちを受けまするも苦しからず。――」

「おお、左様か!」

上総介は心ここにないといった態で、舌なめずりした。

全然、「敵」といった感じではない。事実上総介はこの両人を敵とは思っていない。歯牙（しが）にもかけず、それどころか、何やら奇態な快楽を与えてくれる道具と思っている。ただ、このまなじりのさかさまに裂けた眼は、ぎらぎらとかがやいた。剣の道とひとしく、色道に於ても、新しい一乾坤(けんこん)を味わいつくせるならば、魂魄(こんぱく)飛ばすもまた男児の本懐、というのは彼の人生の信条である。

が、やがてその女がとらせた姿態に、上総介は鼻を鳴らした。「なんじゃ、茶臼ではないか」

といった。つまりそれは女性上位にすぎなかったからだ。

しかし。——

やがて上総介の知った世界こそ、まさにいまだ曾て彼の知らなかった一乾坤であった。波はうねりを呼び、うねりは波を呼び、彼は巨大な腰をくねらせはじめた。ちがう。いつもとはちがう。いかにしてこのようなことになったか。彼の男性は彼自身の肉体に固定されず、相手のほうに固定された感じで、それが熱鉄のごとく彼の体内をたたき、こねまわすのであった。無限に相つぐ快美の波濤(はとう)に、彼はあえぎ、嫋々(じょうじょう)たるむせびをもらし、そしてまさに魂魄が天上に飛び去るかと思われた。

「それが女人の味わう世界でございまする」

その外記の遠い声が、ふいに「あっ」というさけびに変った。

女は、なお上総介を固定したまま、全裸の上半身をすっくと起した。片腕をのばして、上総介の刀をとり、鞘を払うのが見えた。上総介は驚愕したが、下半身とろとろにしびれつくして、動くこともできない。――

女はぬぎすてた衣服の袖で、その刀を逆手につかんだ。

「見たか、伊賀忍法倒蓮華！」

そう叫ぶと、彼女は颯爽として、そのままの姿勢で立ち腹を切った。……

城外の野で、雲水の服部半蔵に、雪ノ外記は報告した。

「な、なに、お貞が死んだ？　なぜ死んだ？」

「おそらく、男ごころのきわまるところでござりましょう。――」

「男ごころ？　わからぬ。それより、なぜいっそ上総介さまの御命を頂戴いたさなんだか！」

「それも、男ごころのあらわれでござりましょう。上総介さまは、もはや御懸念には及びませぬ。あのお方は、これより女ごころの持主におなりあそばされました。――」

雪ノ外記は、なお半蔵には不可解なことをいって、ナヨナヨした手つきで懐剣をとり出した。

「わたしがお貞のあとを追うも、わたしの女ごころのゆえでござります」

そして外記はおのれの白い細いくびをつらぬいて、白すすきとともにしずかに伏した。

七

猛勇松平上総介忠輝の後半生こそ奇怪である。

その一か月ばかりあとからはじまった大坂の役冬の陣に際し、こころみに家康が出動を命じると、案に相違して唯々諾々と越後から出て来たが、その巨軀が妙に女らしくナヨナヨとしてものの役に立つとは見えず、家康はくびをかしげてそのまま江戸で留守を申しつけた。彼はこれまたおめおめと服従した。夏の陣には思い直して、大坂へ出陣を命じたが、この天下を決するたたかいで、事実まったくものの役に立たなかった。

「介どのには、大和路の大将軍承わらせ給えども、然るべき首一つも参らせず」

（藩翰譜）

「家康公御気色重くして仰せにいわく、忠輝はその性勇健にして心も猛（たけ）ければ、諸将に勝（すぐ）れてひとかど働きあるべし、とかねて思いしところに相違し、敵の旗をも見ざること何事ぞや」（元寛日記）

大坂の役終るや、松平上総介はやがて伊勢の朝熊（あさま）に配流（はいる）を命ぜられたが、これまたすごすごと従っている。

後半生、というが、この人の後半生はばかばかしいほど長い。長いも長いも、やがてまた飛騨（ひだ）の高山へ、さらに信濃の諏訪へ配流されたが、それ以来れんれんとして、実に九十二歳まで生きていたからである。

家康には第六子松平上総介以外に十人の男子があったが、上総介をのぞけばその平均寿命は三十五歳であったのに、この人物だけは、特別例外の長生きをした。

――長生きは女性的特徴の一つである。

古千屋（こちや）

芥川龍之介

芥川龍之介（あくたがわ・りゅうのすけ）
1892年、東京生まれ。1914年、東京帝国大学在学中に、菊池寛らとともに第3次『新思潮』を創刊。古典を題材にして、そこに近代的解釈を加えた短編を多く生み出したが、晩年は自身の陰鬱な精神世界を抽出したような作品も発表した。代表作に『羅生門』『芋粥』『藪の中』『地獄変』など。1927年逝去。

一

樫井の戦いのあったのは元和元年四月二十九日だった。大阪※勢の中でも名を知られた塙団右衛門直之、淡輪六郎兵衛重政等はいずれもこの戦いのために打ち死した。殊に塙団右衛門直之は金の御幣の指し物に十文字の槍をふりかざし、槍の柄の折れるまで戦った後、樫井の町の中に打ち死した。

四月三十日の未の刻、彼等の軍勢を打ち破った浅野但馬守長晟は大御所徳川家康に戦いの勝利を報じた上、直之の首を献上した。（家康は四月十七日以来、二条の城にとどまっていた。それは将軍秀忠の江戸から上洛するのを待った後、大阪※の城をせめるためだった。）この使に立ったのは長晟の家来、関宗兵衛、寺川左馬助の二人だった。

家康は本多佐渡守正純に命じ、直之の首を実検しようとした。正純は次ぎの間に退いて静に首桶の蓋をとり、直之の首を内見した。それから蓋の上に卍を書き、さらにまた矢の根を伏せた後、こう家康に返事をした。

「直之の首は暑中の折から、頬たれ首になっております。従って臭気も甚だしゅ

※底本ママ

うございますゆえ、御検分はいかがでございましょうか？」

しかし家康は承知しなかった。

「誰も死んだ上は変りはない。とにかくこれへ持って参るように」

正純はまた次ぎの間へ退き、母布をかけた首桶を前にいつまでもじっと坐っていた。

「早うせぬか。」

家康は次ぎの間へ声をかけた。遠州横須賀の徒士のものだった塙団右衛門直之はいつか天下に名を知られた物師の一人に数えられていた。のみならず家康の妾お万の方も彼女の生んだ頼宣のために一時は彼に年ごとに二百両の金を合力していた。最後に直之は武芸のほかにも大竜和尚の会下に参じて一字不立の道を修めていた。家康のこういう直之の首を実検したいと思ったのも必ずしも偶然ではないのだった。……

しかし正純は返事をせずに、やはり次ぎの間に控えていた成瀬隼人正正成や土井大炊頭利勝へ問わず語りに話しかけた。

「とかく人と申すものは年をとるに従って情ばかり剛くなるものと聞いております。大御所ほどの弓取もやはりこれだけは下々のものと少しもお変りなさりませぬ。正純も弓矢の故実だけは聊かわきまえたつもりでおります。直之の首は一つ首でもあり、目を見開いておればこそ、御実検をお断り申し上げました。それを強いてお目通りへ持って参れと御意なさるのはその好い証拠ではございませぬか？」

家康は花鳥の襖越しに正純の言葉を聞いた後、もちろん二度と直之の首を実検しようとは言わなかった。

二

すると同じ三十日の夜、井伊掃部頭直孝の陣屋に召し使いになっていた女が一人俄に気の狂ったように叫び出した。彼女はやっと三十を越した、古千屋という名の女だった。

「塙団右衛門ほどの侍の首も大御所の実検には具えおらぬか？　某も一手の大将だったものを。こういう辱しめを受けた上は必ず祟りをせずにはおかぬぞ。……」

古千屋はつづけさまに叫びながら、その度に空中へ踊り上ろうとした。それはまた左右の男女たちの力もほとんど抑えることの出来ないものだった。凄じい古千屋の叫び声はもちろん、彼等の彼女を引据えようとする騒ぎも一かたならないのに違いなかった。

井伊の陣屋の騒がしいことはおのずから徳川家康の耳にもはいらない訳には行かなかった。のみならず直孝は家康に謁し、古千屋に直之の悪霊の乗り移ったために誰も皆恐れていることを話した。

「直之の怨むのも不思議はない。では早速実検しよう」

家康は大蝋燭の光の中にこうきっぱり言葉を下した。

夜ふけの二条の城の居間に直之の首を実検するのは昼間よりも反ってものものしかった。家康は茶色の羽織を着、下括りの袴をつけたまま、式通りに直之の首を実検した。そのまた首の左右には具足をつけた旗本が二人いずれも太刀の柄に手をかけ、家康の実検する間はじっと首へ目を注いでいた。直之の首は頬たれ首ではなかった。が、赤銅色を帯びた上、本多正純のいったように大きい両眼を見開いていた。

「これで塙団右衛門も定めし本望でございましょう」

旗本の一人、――横田甚右衛門はこう言って家康に一礼した。

しかし家康は頷いたぎり、何ともこの言葉に答えなかった。のみならず直孝を呼び寄せると、彼の耳へ口をつけるようにし、「その女の素姓だけは検べておけよ」と小声に彼に命令した。

三

家康の実検をすました話はもちろん井伊の陣屋にも伝わって来ずにはいなかった。古千屋はこの話を耳にすると、「本望、本望」と声をあげ、しばらく微笑を浮かべていた。それからいかにも疲れはてたように深い眠りに沈んで行った。井伊の陣屋の男女たちはやっと安堵の思いをした。実際古千屋の男のように太い声に罵り立てるのは気味の悪いものだったのに違いなかった。

そのうちに夜は明けて行った。直孝は早速古千屋を召し、彼女の素姓を尋ねて見ることにした。彼女はこういう陣屋にいるには余りにか細い女だった。殊に肩の落ちているのはもの哀れよりもむしろ痛々しかった。

「そちはどこで産れたな？」

「芸州広島の御城下でございます」

直孝はじっと古千屋を見つめ、こういう問答を重ねた後、徐に最後の問を下した。

「そちは塙のゆかりのものであろうな?」

古千屋ははっとしたらしかった。が、ちょっとためらった後、存外はっきり返事をした。

「はい。お羞しゅうございますが……」

直之は古千屋の話によれば、彼女に子を一人生ませていた。

「そのせいでございましょうか、昨夜も御実検下さらぬと聞き、女ながらも無念に存じますと、いつか正気を失いましたと見え、何やら口走ったように承わっております。もとよりわたくしの一存には覚えのないことばかりでございますが。……」

古千屋は両手をついたまま、明かに興奮しているらしかった。それはまた彼女のやつれた姿にちょうど朝日に輝いている薄ら氷に近いものを与えていた。

「善い。善い。もう下って休息せい」

直孝は古千屋を退けた後、もう一度家康の目通りへ出、一々彼女の身の上を話した。

「やはり塙団右衛門にゆかりのあるものでございました」

家康は初めて微笑した。人生は彼には東海道の地図のように明かだった。家康は古千屋の狂乱の中にもいつか人生の彼に教えた、何ごとにも表裏のあるという事実を感じない訳には行かなかった。この推測は今度も七十歳を越した彼の経験に合していた。……

「さもあろう」

「あの女はいかがいたしましょう？」

「善いわ、やはり召使っておけ」

直孝はやや苛立たしげだった。

「けれども上を欺きました罪は……」

家康はしばらくだまっていた。が、彼の心の目は人生の底にある闇黒に――そのまた闇黒の中にいるいろいろの怪物に向っていた。

「わたくしの一存にとり計らいましても、よろしいものでございましょうか？」

「うむ、上を欺いた……」

それは実際直孝には疑う余地などのないことだった。しかし家康はいつの間にか人一倍大きい目をしたまま、何か敵勢にでも向い合ったようにこう堂々と返事をした。――

「いや、おれは欺かれはせぬ」

【解題】

理流（時代小説評論家／WEB「時代小説SHOW」管理人）

■南條範夫「願人坊主家康」

家康影武者説を扱った歴史小説といえば、平成元年に刊行された、隆慶一郎の『影武者徳川家康』が頭に浮かぶ方も多いだろう。ところが、それより三十年前の昭和三十三年十二月に、南條範夫が本作を「オール讀物」に発表した。

結末で、著者はこの着想を明治三十五年四月に刊行された、静岡県の地方官村岡素一郎の著作物に依っていることを明かしている。村岡は、林道春の『駿府記』のある記載に注目し、家康の研究を続けて、「家康なる人物は、ささら者の私生児で、松平家と何の血縁もない願人坊主の後身である」という驚くべき結論をまとめて、『史疑徳川家康事蹟』と題して徳富蘇峰の民友社から刊行した。

本作は、歴史に埋もれていた奇書に光を当てた、奇想天外な歴史ミステリーで、後の隆慶一郎の『吉原御免状』や『影武者徳川家康』にも大きな影響を与えた。著者自身も、昭和三十七年に、村岡（作品では平岡）を主人公に、家康＝世良田元信説発見の物語を長編『三百年のベール』として発表している。

■山本周五郎「御馬印拝借」

著者は、戦前から戦後に、市井(しせい)小説や武家小説など十七作の長編と、三百四十編余りの中・短編を執筆したといわれている。戦争による混乱や別の筆名で発表し、周五郎作品と特定できていないものがあるため、曖昧な書き方となっている。多くの作品を残したが、実在した歴史上の人物を描くことは少なく、徳川家康が登場する作品もわずかである。

物語は、同盟関係にある大国の武田氏が遠州まで侵攻し緊張が高まる永禄十二年五月から始まる。徳川軍は今川氏真が籠る遠州掛川城を開城させたが、武田方の猛将山県昌景とは激戦を繰り広げていた。

本作は博文館の「講談雑誌」昭和十九年二月号に発表された。戦況が不利な状況で、強敵を相手に決死の戦いに臨む二人の若者の恋と友情を描いた物語は、太平洋戦争末期に特攻隊や激戦地へ赴く若者たちの青春とオーバーラップするようだ。家康の登場場面はわずかだが、物語を締める重要な役割で読後に快い余韻をもたらしている。

■滝口康彦「決死の伊賀越え——忍者頭目服部半蔵」

著者は、生涯のほとんどを佐賀県多久市で過ごし、九州各地の藩を舞台にした士道小説を中心に発表した歴史時代小説家。

直木賞では、昭和三十二年に『高柳父子』で第三十八回の候補になってから、昭和五十四年（第八十一回）の『主家滅ぶべし』まで六回の候補になりながら受賞を逃している。しかしながら、江戸時代の武士の矜持と悲劇を描いた『異聞浪人記』や『拝領妻始末』は映画やテレビ時代劇、舞台となり、時代小説ファンばかりでなく多くの人に愛されている。

本作は、雑誌「歴史と旅」（秋田書店）昭和五十三年九月号に掲載された「忍者頭目服部半蔵」を改題したもの。家康の生涯で最大の切所（せっしょ）、天正十年六月の伊賀越えを取り上げている。前年に起きた「天正伊賀の乱」で、伊賀国は焦土と化し、伊賀衆はほとんど壊滅していた。危機的な状況下で、家康の家臣で伊賀者の頭目服部半蔵正成は、乱を生き延びた伊賀衆を集結させて、家康一行の護衛につけることに成功し、活路を切り開く。著者は抑制した端正な筆致で決死の脱出行を描いている。

■火坂雅志「馬上の局」

平成二十一年のNHK大河ドラマの原作『天地人』で知られる著者には、家康の生涯を描いた長編小説『天下 家康伝』がある。平成二十七年二月に亡くなった著者の遺作の一つとなっている。

家康の愛妾阿茶を描いた本作は「オール讀物」平成二十三年五月号に発表された。後に、おんな城主井伊直虎や秀吉のもとに出奔した石川数正、長岡藩祖牧野忠成ら徳川家臣団を描いた短編集『常在戦場』に収められた。

家康の妻たちというと、正妻の築山殿（長男松平信康、長女亀姫の母）、継室の旭姫（豊臣秀吉の妹）のほかに、側室は西郡局（次女督姫の母）、お古茶（次男結城秀康の母）、お愛（三男徳川秀忠、四男松平忠吉の母）、お竹（三女振姫の母）、お都摩（五男武田信吉の母）、お茶阿（六男松平忠輝、七男松平松千代の母）、お亀（八男平岩仙千代、九男徳川義直の母）、お久（四女松姫の母）、お万（十男徳川頼宣、十一男徳川頼房の母）、お梶（五女市姫の母）、お富、お夏、お六、お仙、お梅、お牟須、お松、三条氏など、主だった者だけでも二十人ほどいた。

家康の女性観は、女の氏素性にこだわらず、容姿もさほど気にせず、健康な肉体を持って、丈夫な子を産める女であればよいとした。女人を飾り物として崇め奉るのではなく、自分の役に立つ女だけを側に置いたのだ。

多くの側室たちの中で、家康の子を持たない阿茶は、どうすれば生き残っていけるのかを考え、戦場へ向かう家康のかたわらに甲冑を着て付き添うようになった。

阿茶と同じように、鎧を着て戦場に出た側室には、伊勢北畠家の旧臣長谷川藤直の娘で長崎奉行長谷川藤広の妹、お夏がいる。大坂冬の陣では本陣に供奉し、夏の陣では伏見城の留守居をした。その勇姿は、近衛龍春の長編『家康の女軍師』で読むことができる。家康がどんな女性を愛して、パートナーに何を求めたのか、興味が尽きない。

和暦	西暦	出来事
天正２年	1574	次男の秀康が誕生。
天正３年	1575	織田軍と共闘して長篠の戦いで武田勝頼を撃破。
天正７年	1579	三男の秀忠が誕生。信長の命で正室・築山御前を殺害し、嫡男・信康を自害に至らしめる。阿茶局が家康の側室となる。
天正10年	1582	武田氏の滅亡で駿河国を得る。本能寺の変で信長が死亡、「伊賀越え」をして堺から岡崎へ戻る。
天正12年	1584	小牧・長久手の戦いで豊臣秀吉と争うが講和する。
天正14年	1586	秀吉の妹・朝日姫と結婚し、豊臣政権に臣従。
天正18年	1590	北条征伐後、秀吉からの移封命令により、江戸城を居城とする。
天正20年	1592	六男の忠輝が誕生。
慶長３年	1598	豊臣秀吉、死亡。
慶長５年	1600	会津の上杉景勝の征伐へ向かうが、石田三成の挙兵を知り引き返し、関ヶ原の戦いで三成ら西軍を破る。
慶長８年	1603	征夷大将軍となり江戸幕府を開く。
慶長10年	1605	秀忠に将軍職を譲り、大御所となる。
慶長19年	1614	忠輝が高田城を築城。 大坂冬の陣で大坂城の豊臣軍と戦うが和睦する。
慶長20年	1615	大坂夏の陣で豊臣軍と再戦。豊臣方に勝利し、豊臣家は滅亡する。
元和２年	1616	駿府城で病死し、久能山に葬られる。

【底本一覧】

南條範夫「願人坊主家康」（『剣が謎を斬る』光文社文庫）

山本周五郎「御馬印拝借」（『戦国物語　信長と家康』講談社文庫）

滝口康彦「決死の伊賀越え——忍者頭目服部半蔵」（『天目山に桜散る』ＰＨＰ文庫）

火坂雅志「馬上の局」（『常在戦場』文春文庫）

池波正太郎「決戦関ケ原　徳川家康として」（『わが家の夕めし』講談社文庫）

山田風太郎「倒の忍法帖」（『くノ一紅騎兵』角川文庫）

芥川龍之介「古千屋」（『芥川龍之介全集6』ちくま文庫）

※本書に収録した作品には、今日の観点からすると不適切な用語・表現が含まれている場合があります。しかしながら、作品が書かれた時代背景などを考慮し、また、著者が差別的な意図をもって使用したのではないと判断し、発表時のままとしました。

（編集部）

この作品集は史実を織り込んでいますが、あくまでフィクションです。作中に同一の名称があった場合でも、実在する人物、団体等とは一切関係ありません。

宝島社
文庫

傑作! 文豪たちの『徳川家康』短編小説
(けっさく! ぶんごうたちの『とくがわいえやす』たんぺんしょうせつ)

2022年11月19日　第1刷発行

著　者　芥川龍之介　池波正太郎　滝口康彦　南條範夫
火坂雅志　山田風太郎　山本周五郎

発行人　蓮見清一

発行所　株式会社 宝島社

〒102-8388　東京都千代田区一番町25番地
電話:営業 03(3234)4621／編集 03(3239)0599
https://tkj.jp

印刷・製本　株式会社広済堂ネクスト

ISBN 978-4-299-03596-7